# Das Geheimnis von Cloomber Hall

ARTHUR CONAN DOYLE

*Das Geheimnis von Cloomber Hall, A. C. Doyle*
*Jazzybee Verlag Jürgen Beck*
*86450 Altenmünster, Loschberg 9*
*Deutschland*

*Druck: BOD GmbH, In de Tarpen 42,*
*22848 Norderstedt*



*ISBN: 9783849698805*

*www.jazzybee-verlag.de*
*www.facebook.com/jazzybeeverlag*
*admin@jazzybee-verlag.de*

# INHALT

# ERSTES KAPITEL.

Ich, James Fothergill West, stud. jur. auf der St. Andrews-Universität zu Edinburg, will in folgenden Zeilen eine wahre Geschichte in möglichst kurzer und bündiger Form erzählen, ohne durch eine gekünstelte Reihenfolge der verschiedenen Ereignisse den Eindruck derselben zu erhöhen. Es sollen vielmehr diejenigen, welche außer mir noch von den fraglichen Begebenheiten unterrichtet sind, meinem Berichte beistimmen können, ohne zu finden, daß ich auch nur in den geringfügigsten Einzelheiten von der strengen, ungeschminkten Wahrheit abgewichen bin. Zu diesem Zweck werde ich die notariell beglaubigten Aussagen eines gewissen Israel Stakes, ehemaligen Kutschers von Cloomber-Hall, und des Herrn John Easterling, Edinburg – jetzt praktischer Arzt in Stanvaer, Wigtownshire – aufführen und einen wörtlichen Auszug aus dem Tagebuch des Generalmajors John Berthier Heatherstone hinzufügen. Dieser Auszug betrifft Ereignisse, die sich gegen das Ende des ersten Afghanenkrieges im Herbste 1841 zutrugen mit einer detaillieren Beschreibung des Scharmützels im Terada-Passe und des Todes eines gewissen Ghoolab Shah. Im übrigen stütze ich mich auf die Aussagen von Augenzeugen, welche durch ihren intimen Verkehr mit dem Generalmajor J. B. Heatherstone imstande waren, ihn und was mit ihm zusammenhing, zu beurteilen.

Mein Vater, John Hunter West, war ein bekannter Orientalist, und sein Wort ist jetzt noch von großem Ansehen unter seinen englischen sowohl wie kontinentalen Kollegen. Er war es, der zuerst gleich Sir William Jones die Aufmerksamkeit der gelehrten Welt auf die herrlichen Erzeugnisse der neupersischen Literatur lenkte, und seine Übersetzungen von Hafis und Ferideddin Attar trugen ihm den wärmsten Beifall solcher Autoritäten auf dem Gebiete kritischer Philologie, wie des Barons von Hammer-Purgstall und anderer, ein. Ja, in der Januarnummer der Orientalischen Zeitschrift 1861 wurde er als »der berühmte und sehr gelehrte Mr. Hunter West, Edinburg« bezeichnet, welche Notiz er ausschnitt und mit verzeihlicher Eitelkeit unter den kostbarsten Schätzen seines Familienarchivs aufbewahrte.

Er hatte sich ursprünglich der juristischen Laufbahn gewidmet, aber seine gelehrten Passionen nahmen so viel Zeit in Anspruch, daß ihm nur wenig Frist für seine Praxis übrig blieb. Wenn seine Klienten ihn in seinem Bureau in Cambers-Street aufsuchten, glänzte er meistens durch seine Abwesenheit; dafür konnte man ihn gewöhnlich unter staubigen Papieren begraben in der »Advocates Library« oder der »Philosophical Institution« finden, wo ihn das Tausende von Jahren alte Gesetzbuch des Manu weit mehr fesselte, als die verzwickten schottischen Pandekten des neunzehnten Jahrhunderts.

Es war daher kaum zu verwundern, daß er zur selben Zeit, als er den Zenit seiner Berühmtheit erreicht hatte, auch auf dem Boden seines Säckels angelangt war. Da sich in jener Zeit noch keine Professur für Sanskrit in Schottland befand und die Nachfrage nach den Produkten seiner Geistestätigkeit eine sehr geringe war, hätten wir uns wahrscheinlich in ein Stilleben zurückziehen müssen, in welchem die Aphorismen und Sprüche des Firdusi, Omar Chian und anderer uns für den Mangel an nahrhafterer Diät vielleicht entschädigt hätten. Aber durch die unerwartete Freigebigkeit seines Stiefbruders William Farintosh, des Gutsherrn von Branksome, Wigtownshire, wurden wir plötzlich aller Sorgen enthoben.

Der letztere war der Eigentümer eines großen Rittergutes, dessen Ergiebigkeit unglücklicherweise zu seiner ungeheuren Ausdehnung in keinem Verhältnis stand; es war ohne allen Zweifel der ödeste und kahlste Teil einer außergewöhnlich öden und kahlen Provinz. Da er aber als eingefleischter Junggeselle keine großen Ausgaben hatte, so war er imstande gewesen, durch den Verkauf einer besonderen Art von Lastpferden, die er auf den ausgedehnten Heideflächen züchtete, und mit Hilfe des Pachtzinses von seinen vereinzelten Meiereien nicht nur standesgemäß zu leben, sondern auch noch ein hübsches Konto zu seinen Gunsten auf der Bank anzulegen.

Solange wir noch verhältnismäßig wohlhabend waren, hatten wir wenig von unserem Verwandten gehört; aber gerade jetzt, als Matthäi am letzten war, kam wie ein Evangelium sein Brief, der uns seiner Sympathie und, was bedeutend wichtiger, seiner werktätigen Hilfe versicherte. Wir erfuhren, daß Mr. Williams Lungen schon seit geraumer Zeit angegriffen seien, und daß Dr. Easterling, der schon erwähnte Arzt in Stanvaer, ihm energisch geraten habe, die kurze Spanne Zeit, die ihm vielleicht noch zugemessen war, in einem wärmeren Klima zu verleben. Er hatte sich deshalb entschlossen, nach dem Süden Italiens aufzubrechen, und ersuchte meinen Vater, sich während seiner Abwesenheit des Gutes anzunehmen und für ein Gehalt, das uns aller Sorgen überhob, als sein Verwalter tätig zu sein.

Ich brauche kaum zu sagen, daß wir nicht lange zögerten, sein freundliches Anerbieten anzunehmen. Mein Vater reiste schon am selben Abend nach Wigtown ab, während meine Schwester Esther und ich – meine Mutter war schon vor einigen Jahren gestorben – mit zwei Kartoffelsäcken voll gelehrter Bücher und etwas Hausgerät in einigen Tagen nachfolgten.

# ZWEITES KAPITEL.

Ein englischer Gutsbesitzer würde sicherlich beim Anblick unserer neuen Heimat Branksome die Nase gerümpft haben; aber uns erschien sie wie ein Palast im Gegensatz zu den dumpfen, engen Zimmern, in denen wir bisher gehaust hatten. Das Gebäude war weitschweifig und niedrig, mit rotem Ziegeldache, Butzenscheiben und einer Anzahl von Zimmern mit verräucherten Decken und Eichengetäfel. Vor dem Hause lag ein Rasenplatz, umsäumt von einigen dünnen, schlechtgewachsenen Birken, die durch den ewigen salzigen Sprühregen, den der eisige Nordwestwind von der See herübertrug, verkümmert waren.

Landeinwärts lag der zu dem Gute gehörige Weiler Branksome-Bere – höchstens ein Dutzend kleiner Höfe, in denen arme Fischer wohnten, die in dem Gutsherrn ihren natürlichen Beschützer erblickten. Im Westen erstreckte sich der breite gelbe Strand und die Irische See, während sich in allen anderen Richtungen unabsehbare, grausig einsame Moore, graugrün im Vordergrunde und purpurfarben in der Entfernung, ausdehnten. Kahl und einsam war es an der Küste hier. Manche lange Meile konnte man wandern, ohne ein lebendes Wesen zu sehen, außer vielleicht den weißen, schwer beflügelten Möwen, die einander mit schrillen, traurigen Stimmen zuriefen.

Das einzige Zeichen, daß Menschen hier gehaust, war, wenn man einmal über Branksome hinaus war, der weiße Turm von Cloomber-Hall, der wie der Gedenkstein eines Hünengrabes über die ihn umgebenden Fichten und Lärchen emporragte.

Ein reicher Sonderling aus Glasgow, ein Menschenfeind, hatte sich dieses große Haus gebaut, aber zur Zeit unserer Ankunft hatte es schon lange, lange Jahre leer gestanden, und es schaute mit seinen wetterzerrütteten Mauern und leeren, dunklen Fenstern gar geisterhaft über die Böschung des Ufers hinaus. Leer und unbenutzt, diente es jetzt nur noch den Fischern als ein Wahrzeichen, da diese durch Erfahrung gelernt hatten, daß sie leicht ihren Weg durch die gefährlichen Felsenbänke, auf deren zackigen Rücken schon manch gutes Schiff zerschellt war, finden konnten, wenn sie den Schornstein unseres Hauses und den weißen Turm von Cloomber in einer Linie behielten.

Auf diesen wilden Fleck Erde hatte uns das Schicksal verschlagen; aber seine Einsamkeit hatte keine Schrecken für uns. Im Gegenteil, nach der entnervenden fieberischen Tätigkeit und Unruhe in einer großen Stadt und besonders der schwierigen Aufgabe, mit unserem kleinen Einkommen eine unser würdige Stellung zu behaupten, war uns die besänftigende, großartige Ruhe auf den unabsehbaren Heiden und die kräftige, stählende Seeluft höchst willkommen. Wir waren hier wenigstens von der lästigen Neugier und dem Geschwätz der Nachbarn befreit. Mit einem Phaethon und zwei Ponys, die der Gutsherr zurückgelassen hatte, machten mein Vater und ich unsere tägliche Runde auf dem Gute und verrichteten die vielerlei kleinen Geschäfte, die einem Verwalter zufallen. Unsere sanfte Esther besorgte den Haushalt und erhellte das düstere, alte Haus mit dem Sonnenschein ihrer arg- und sorglosen Jugend.

So verging die Zeit ruhig und einförmig, bis ein unerwartetes Ereignis sich zutrug, das die geheimnisvollen Vorgänge, den Kernpunkt meiner Erzählung, gleichsam vorauskündete. Es war meine Gewohnheit geworden, allabendlich in des Gutsherrn kleiner Jolle auf das ruhige Meer hinauszurudern und ein paar Weißfische für unser bescheidenes Nachtmahl zu fangen. Eines Abends war meine Schwester mit hinausgefahren und saß mit ihrem Buche im Stern der Jolle, während ich vorn meine Angel ausgeworfen hatte.

Die Sonne war hinter der schroffen irischen Küste versunken, aber noch bezeichnete eine goldüberflutete Masse von Wolken ihre Schlummerstatt. Die Wasser waren, so weit der Blick reichte, von feurigen Purpurstreifen umsäumt, und entzückt war ich aufgestanden, um das großartige, so alte und doch so ewig neue Panorama wieder zu bewundern. Da zupfte mich meine Schwester mit einem Ausruf ängstlicher Überraschung am Ärmel.

»Sieh doch nur, John,« rief sie, »da ist ja ein Licht im Turm von Cloomber-Hall!«

Ich wandte mich hastig um und schaute ganz überrascht nach dem weißen Turm, der hoch über die ihn umgürtenden Bäume hinausragte. Als ich hinsah, konnte ich hinter einem der Fenster einen Lichtschein wahrnehmen, welcher plötzlich wieder verschwand, um nach kurzer Zeit in einem höheren Stockwerke aufs neue sichtbar zu werden. Dort flackerte er eine Zeitlang, verschwand wieder und erschien dann nacheinander in den beiden unteren Etagen, bis die Bäume ihn unseren Blicken verbargen.

Augenscheinlich hatte jemand mit einer Lampe oder Kerze die Turmtreppe erstiegen und war dann wieder in das eigentliche Haus zurückgekehrt.

»Wer in aller Welt kann das nur sein?« rief ich aus, mehr im Selbstgespräch als zu Esther. Konnte ich doch an ihrem verdutzten Gesicht sehen, daß ihr die Sache ebenso rätselhaft vorkam wie mir. »Vielleicht haben sich ein paar Leute aus Branksome den alten Kasten einmal ansehen wollen!«

Meine Schwester schüttelte den Kopf.

»Keiner von ihnen würde sich dem Gebäude auch nur auf zwanzig Schritt zu nähern wagen!« sagte sie. »Außerdem, John, hat der Agent in Wigtown die Schlüssel, so daß unsere Leute, wären sie auch noch so neugierig, nicht hineingelangen könnten.«

Als ich an das schwere Tor dachte und an die massiven Fensterladen, die das untere Stockwerk von Cloomber gegen neugierige Eindringlinge verwahrten, konnte ich nicht umhin, die Richtigkeit dieser Bemerkung anzuerkennen. Der Eindringling mußte also entweder seinen Eingang gewalttätig bewerkstelligt, oder sich irgendwie die Schlüssel verschafft haben. Das Geheimnisvolle der Sache reizte mich, und ich ruderte so schnell wie möglich dem Lande zu, um den nächtlichen Gast selbst zu sehen und mich – wenn möglich – über seine Absichten zu orientieren.

Meine Schwester in Branksome zurücklassend, rief ich einen alten Seemann, namens Seth Jameson, der früher auf einem Kriegsschiffe gedient hatte und vielleicht einer der stärksten Männer im Dorfe war, zu mir und ging mit ihm über das Moor hinüber dem Schlosse zu.

Als wir uns dem letzteren näherten und ich Seth meine Absicht mitteilte, wurden seine Schritte ständig kleiner, bis er schließlich ganz haltmachte.

»Mit dem Hause da ist's nicht recht geheuer,« sagte er wichtig. »Der Eigentümer selbst wagt sich bis auf 'ne gute Meile nicht heran.«

»Mag sein, Seth, aber dort ist jemand, der sich nicht vor Geistern zu fürchten scheint,« erwiderte ich, nach dem großen, weißen Gebäude deutend, das eben durch den Nebel sichtbar ward.

Das Licht, das ich vom Meere her beobachtet hatte, bewegte sich hin und her vor den unteren Fenstern, deren Läden geöffnet waren. Ein zweites schwächeres Licht folgte dem anderen ein paar

Schritte entfernt. Augenscheinlich hielten zwei Personen, eine mit einer Laterne, die andere mit einer Kerze oder einem Sturmlicht, sorgfältige Rundschau im Hause.

»Was mich nicht brennt, das blas ich nicht,« meinte Jameson hartnäckig, ohne sich vom Fleck zu rühren. »Was geht's mich an, wenn sich irgendein Spuk oder Alp in Cloomber einnisten will? Damit ist nicht gut Kirschen essen!«

»Aber zum Henker!« rief ich. »Sie glauben doch wohl nicht, daß ein Spuk hier in einer Kutsche vorfahren wird? Was sind denn das für Lichter dort am Ende der Allee?«

»Wagenlampen, ohne Zweifel!« erwiderte mein Begleiter erleichtert aufatmend. »Wollen doch mal sehen, woher sie kommen!«

Es war jetzt völlig dunkel geworden, und nur ein leuchtender Streifen tief im Westen war von dem feurigen Schauspiel, das ich vor einer Stunde bewundert hatte, übriggeblieben.

Wir stolperten schwerfällig über das Moor und gelangten schließlich auf die nach Wigtown führende Landstraße, da, wo zwei hohe Steinsäulen den Anfang der Schloßallee bezeichneten. Ein großer Jagdwagen stand vor dem Eingang.

»Jetzt weiß ich schon Bescheid!« rief Jameson, das verlassene Gefährt genau betrachtend. »Das Gespann kenne ich gut. Es gehört Herrn Mc. Neil, dem Verwalter aus Wigtown, der die Schlüssel hat.«

»Dann können wir ihn am Ende auch sogleich sprechen, da wir doch nun einmal hier sind. Wenn ich mich nicht irre, kommen sie eben.«

Während ich die letzten Worte sprach, hörten wir eine Tür schwerfällig zuschlagen, und nach einigen Minuten kamen zwei Männer, der eine eckig und lang, der andere kurz und gedrungen, durch die Dunkelheit auf uns zu. In eifrigem Gespräch begriffen, sahen sie uns nicht, bis sie den Torweg passierten.

»Guten Abend, Herr Mc. Neil,« sagte ich, vortretend und den Verwalter, den ich oberflächlich kannte, begrüßend.

Der kleine Mann kehrte mir sein Gesicht zu, und ich sah, daß ich mich nicht getäuscht hatte; sein Begleiter jedoch fuhr hastig zurück und verriet die heftigste Erregung.

»Was soll das heißen, Mc. Neil?« würgte er mit erstickter Stimme heraus. »Ist das Ihr Versprechen? Was bedeutet dies?«

»Ruhig Blut, Herr General, nur ruhig Blut!« antwortete der fette, kleine Agent beschwichtigend, als ob er zu einem Kinde spräche. »Dies ist nur der junge Herr Fothergill West aus Branksome. Es ist mir freilich nicht recht klar, weshalb er gerade heute abend hier ist. Da Sie aber sowieso Nachbarn sein werden, lassen Sie mich die Gelegenheit benutzen, Sie gleich miteinander bekannt zu machen: Herr West – Herr General Heatherstone. Der Herr General ist der zukünftige Pächter von Cloomber-Hall.«

Ich hielt dem General meine Hand hin, die er zögernd, halb widerstrebend, ergriff.

»Ich kam herüber,« erklärte ich, »weil ich Licht hinter den Fenstern scheinen sah und fürchtete, daß am Ende hier etwas nicht in Ordnung sei. Ich freue mich jetzt, es getan zu haben, da es mir Gelegenheit geboten hat, Ihre werte Bekanntschaft zu machen, Herr General!«

Während ich sprach, bemerkte ich, daß der neue Bewohner von Cloomber-Hall mich genau beobachtete. Als ich schwieg, streckte er seinen langen zitternden Arm aus und drehte die Wagenlaterne so, daß das Licht voll auf mein Gesicht fiel.

»Gütiger Himmel, Mc. Neil,« rief er wie vorhin, »der Kerl ist ja so braun wie Schokolade! Das ist doch kein Engländer! Sind Sie ein Engländer, mein Herr?«

»Ich bin ein geborener Schotte!« erwiderte ich. nur durch die große Aufregung meines neuen Freundes verhindert, in Lachen auszubrechen.

»Ein Schotte also?« sagte er, wie von einem Alp befreit. »Na, das ist heutzutage dasselbe. Sie werden mir's nicht übelnehmen, Herr West. Ich bin nervös, verteufelt nervös! Vorwärts, Mc. Neil, wir müssen in einer Stunde wieder in Wigtown sein. Gute Nacht, meine Herren, gute Nacht!«

Beide sprangen in das Gefährt, der Verwalter knallte mit seiner Peitsche, und der Wagen rollte durch die Dunkelheit davon, glänzende Lichtkegel nach beiden Seiten werfend, bis das Gerassel der Räder endlich in der Ferne verhallte.

»Nun was denkst du von unserem neuen Nachbar, Jameson?« fragte ich, um das lange Stillschweigen zu brechen.

»Wahrhaftig, Herr West, mir scheint's, als ob er recht hätte. Er ist verdammt nervös. – Vielleicht hat er ein schlechtes Gewissen!«

»Eine schlechte Leber eher!« erwiderte ich. »Er sieht aus, als ob er seiner Gesundheit übel mitgespielt hätte. Aber es wird jetzt kalt, mein Junge, und es ist die höchste Zeit, daß wir nach Hause kommen.«

Ich wünschte meinem Begleiter gute Nacht und trabte über das Heideland nach Branksome zu, von woher mir schon von weitem das gastliche Licht des Wohnzimmers entgegenstrahlte.

# DRITTES KAPITEL.

Wie sich leicht denken läßt, rief die Neuigkeit, daß das Schloß wieder bewohnt werden sollte, große Aufregung im Dorfe hervor, und zahllos waren die Hypothesen und Vermutungen, die von den Klatschbasen männlichen und weiblichen Geschlechts aufgestellt wurden, weshalb die Heatherstones sich gerade diesen weltabgelegenen Winkel zum Wohnplatz erwählt hätten. Daß die letzteren nicht etwa für eine kurze Zeit hier zu verweilen gedachten, wurde bald klar; denn Scharen von Handwerkern kamen von Wigtown herüber, und des Hämmerns, Sägens, Klapperns war kein Ende von Tagesanbruch bis spät in die Nacht hinein. Mit überraschender Schnelligkeit verschwanden die Spuren, die Wind und Wetter an den Wänden hinterlassen hatten, und ehe man sich 's versah, stand das alte Haus wieder frisch und freundlich da, als ob es eben erst erbaut wäre. Man konnte sehen, daß es dem General auf Geld nicht ankam und daß Not sicher nicht der Grund seiner Flucht aus der großen Welt war.

»Es ist möglich, daß er ein Gelehrter ist,« sagte mein Vater eines Morgens beim Frühstück, »und daß er sich diesen wildeinsamen Fleck Erde ausgesucht hat, um irgendein magnum opus zu beendigen. In dem Falle würde ich ihm mit Vergnügen meine Bibliothek zur Verfügung stellen.«

Esther und ich mußten uns das Lachen verbeißen, als er in solch großartiger Weise von seinen zwei Kartoffelsäcken mit Büchern sprach.

»Wohl möglich,« erwiderte ich, »aber während unseres kurzen Interviews machte er kaum den Eindruck eines Literaten auf mich. Mir kommt es eher vor, als ob er irgendeiner chronischen Krankheit halber von seinem Arzte hierher geschickt wäre. Wenn du seine wildstarrenden Augen und nervös zuckenden Finger gesehen hättest, würdest du selber zugeben, daß er der Erholung im höchsten Grade bedürftig ist!« –

»Mich soll nur wundern, ob er eine Frau und Familie hat,« meinte meine Schwester. – »Arme Seelen! Wie entsetzlich einsam werden sie sein! Es gibt ja außer uns im Umkreise von sieben Meilen und mehr keine Familie hier, mit der sie verkehren könnten!«

»General Heatherstone ist ein berühmter Offizier!« warf mein Vater ein.

»Nanu, Papa; was weißt du denn von ihm?«

»Ja, seht ihr,« lachte mein Vater, »da witzelt ihr über meine Bibliothek, und doch kann die zuweilen sehr nützlich sein.« Er langte ein rot eingebundenes Folio von seinem Bücherbrett herunter und blätterte darin herum. »Dies ist das ostindische Armeeregister für die letzten drei Jahre,« erklärte er, »und hier haben wir den Herrn, den wir suchen. J. B. Heatherstone, Oberst a. D. der ostindischen Armee, einundvierzigstes bengalisches Regiment zu Fuß, als Generalmajor pensioniert. Erstürmung von Ghuznee, Verteidigung von Jellalabad, Sobrasu 1848, Sepoy-Aufstand und Einnahme von Oudh. Fünfmal in offiziellen Telegrammen erwähnt. – Wir haben guten Grund, auf unseren neuen Nachbarn stolz zu sein, denke ich.«

»Es steht nicht darin, ob er verheiratet ist, nicht wahr?« fragte Esther.

»Nein!« schmunzelte mein Vater, über seinen eigenen Humor entzückt und behaglich mit dem Kopfe wackelnd. »Ich kann es unter der Rubrik ›Waghalsige Unternehmungen‹ nicht finden, obwohl es eigentlich dorthin gehört.«

Alle unsere diesbezüglichen Zweifel wurden jedoch bald zerstreut, denn als ich an demselben Tage, an welchem die Ausbesserung und Ausstattung des alten Schlosses beendet war, zufällig Gelegenheit hatte, nach Wigtown zu reiten, traf ich auf dem Wege den General, der mit seiner Familie nach Cloomber fuhr. Eine ältliche Dame von abgezehrtem und kränklichem Aussehen saß an seiner Seite, und beiden gegenüber neben einem jungen Burschen von ungefähr meinem Alter ein Mädchen, das ein paar Jahre jünger zu sein schien. Ich grüßte und wollte gerade vorbeireiten, als der General seinen Kutscher halten ließ und mir seine Hand entgegenstreckte. Ich konnte jetzt sehen, daß sein Antlitz, obwohl es hart und finster war, doch auch freundliche Züge aufzuweisen hatte.

»Wie geht's, Herr West?« rief er. »Ich muß mich noch wegen meines barschen Benehmens von neulich abend entschuldigen. Sie werden es aber einem alten Soldaten, der sein ganzes Leben lang im Geschirr zugebracht hat, wohl nicht übelnehmen. Sie müssen jedenfalls zugeben, daß Sie für einen Schotten eine sehr dunkle Gesichtsfarbe haben!«

»Wir haben spanisches Blut in unseren Adern,« erwiderte ich, obwohl es mir unerklärlich war, weshalb er auf diesen Punkt zurückkam.

»Das ist wahrscheinlich die Ursache,« bemerkte er, um dann zu seiner Frau gewendet fortzufahren: »Meine Liebste, darf ich dir Herrn Fothergill West vorstellen? Dies ist mein Sohn und meine Tochter. Wir sind hierher gekommen, um Ruhe zu finden, Herr West, vollkommene Ruhe!«

»Einen besseren Platz hätten Sie sich dazu nicht aussuchen können,« sagte ich.

»Meinen Sie?« antwortete er. »Ich glaube selbst, daß es hier sehr ruhig und einsam ist. Man kann wohl nachts hier manchen Weg machen, ohne eine Menschenseele anzutreffen, nicht wahr?«

»Wohl möglich,« entgegnete ich, »es gibt wenig Nachtwandler hier.«

»Und Sie haben nicht viel von Vagabunden und dergleichen Gesindel zu leiden?«

»Ich finde es ziemlich kalt hier,« unterbrach Frau Heatherstone ihren Gatten fröstelnd, indem sie ihren mit Seehundsfell gefütterten Mantel fester um sich zog. »Und außerdem halten wir Herrn West auf!«

»Das ist wahr, Schatz, du hast recht! Vorwärts, Kutscher! Gott befohlen, Herr West!«

Der Wagen rasselte davon, dem Schlosse zu, und ich trabte nachdenklich weiter nach der kleinen Landstadt.

Als ich Hig-Street hinaufritt, kam Herr Mc. Neil aus seinem Bureau gelaufen und winkte mir zu, anzuhalten.

»Unsere neuen Pächter sind hinübergezogen,« sagte er, »heute morgen fuhren sie fort.«

»Ich weiß,« antwortete ich, »ich traf sie auf dem Wege.«

Als ich mir den kleinen Verwalter näher ansah, bemerkte ich, daß sein Gesicht gerötet war und daß er augenscheinlich ein Glas über den Durst getrunken hatte.

»Mit solchen Leuten lassen sich noch Geschäfte machen,« lachte er, »da versteht man einander. Wieviel soll ich's machen? fragt der General, nimmt ein Scheckformular aus seiner Brieftasche und legt es auf den Tisch. Zweihundert Pfund, sage ich, dabei fällt dann für mich noch ein kleines Diskonto ab.«

»Ich dachte, der Eigentümer bezahlt Ihnen das?« bemerkte ich.

»Nun freilich. Aber doppelt hält besser! Er füllt also den Scheck aus und wirft ihn mir auf den Tisch, als ob es eine Briefmarke wäre. Das nenne ich Geschäft zwischen ehrlichen Leuten! Wollen Sie nicht einen Augenblick eintreten und einen Tropfen zu sich nehmen?«

»Danke sehr!« sagte ich. »Ich habe Geschäfte zu besorgen!«

»Recht so! Das Geschäft muß immer vorgehen. Frühmorgens sollte man überhaupt nichts trinken. Es bekommt einem nicht. Ich selbst trinke morgens nie etwas, außer vielleicht einen Tropfen vor dem Frühstück, um mir Appetit zu machen, und einen oder zwei nachher, der Verdauung wegen. Ich glaube selbst, daß ich vielleicht in dieser Sache ein wenig zu penibel bin, aber besser ist besser. Was denken Sie denn von Ihrem neuen Nachbar, Herr West?«

»Ich habe noch keine Gelegenheit gehabt, ihn genauer kennen zu lernen,« entgegnete ich.

Herr Mc. Neil deutete mit dem Mittelfinger auf seine Stirn.

»Wollen Sie wissen, was ich von ihm denke?« fragte er vertraulich. »Verrückt ist er! Was würden Sie zum Beispiel als ein Zeichen von Verrücktheit ansehen, Herr West?«

»Einem Wigtowner Hausagenten einen leeren Scheck anzubieten,« sagte ich.

»Spaßvogel Sie! Aber ernsthaft! Wenn jemand Sie fragte, wieviel Meilen es bis zum nächsten Hafen seien, ob dort Schiffe aus dem Orient hinkämen, ob sich hier Vagabunden umhertreiben und ob es gegen den Mietskontrakt sei, eine hohe Mauer um das Grundstück auszuführen – wofür würden Sie einen solchen Menschen halten?«

»Für sehr exzentrisch jedenfalls!« antwortete ich, und Herr Mc. Neil blinzelte mir vielsagend zu.

»Wenn der Mann dort wäre, wohin er gehört, brauchte er sich kein Kopfzerbrechen wegen der hohen Mauer zu machen.«

»Und wo ist das?« fragte ich.

»Im Wigtowner Irrenhause!« rief der kleine Mann, laut auflachend über seinen eigenen Witz, und ich ritt weiter.

Die Ankunft der neuen Familie in Cloomber Hall rief keine bemerkenswerte Änderung in der Einförmigkeit unseres Stillebens hervor. Anstatt an den einfachen Vergnügungen, die das Landleben darbot, teilzunehmen oder, wie wir gehofft, sich für unsere Bemühungen zu interessieren, das Los der armen Fischer und Kätner im Dorfe zu verbessern, schienen sie im Gegenteil alle

Annäherung ängstlich zu meiden und sich kaum aus dem Tore des Gutes hinauszuwagen.

Es wurde auch bald klar, daß des Agenten Behauptung hinsichtlich der Umzäunung des Grundstücks nicht grundlos gewesen war, denn eine ganze Schar von Arbeitern begann auf einmal rastlos daranzugehen, dieses mit einem hohen Staket zu umgeben.

Als es fertig und mit scharfen Eisenspitzen versehen war, war Cloomber-Park, außer für einen ungewöhnlich gewandten und waghalsigen Kletterer, unnahbar. Es war, als ob bei dem alten Soldaten das Kriegführen zu einer fixen Idee geworden wäre, so daß er es auch in Friedenszeiten nicht lassen konnte.

Er ging sogar noch weiter. Das Schloß wurde verproviantiert, als ob ihm eine langwierige Belagerung bevorstände, und Begbic, der größte Viktualienhändler in Wigtown, erzählte mir selbst, daß der General hunderte von Dutzenden aller möglichen Konserven bei ihm bestellt hätte.

Man kann sich leicht denken, daß diese Vorfälle nicht ohne Eindruck auf das abergläubische Landvolk blieben. Im ganzen Kreise bildeten die neuen Bewohner von Cloomber-Hall das Tagesgespräch. Aber der einzige Schluß, zu dem die Leute kommen konnten, war die unter diesen Umständen sehr naheliegende Annahme, daß entweder der alte General und seine ganze Sippschaft verrückt seien, oder daß er irgendein entsetzliches Verbrechen begangen und sich hierher vor seinen Verfolgern geflüchtet habe.

Es ist wahr, daß der General sich bei unserem ersten Zusammentreffen wie ein Geistesgestörter benommen hatte, aber niemand hätte vernünftiger sein können, als er sich bei unserer zweiten Begegnung zeigte. Außerdem führten seine Frau und Kinder ganz dieselbe abgeschlossene Lebensweise; der Grund konnte deshalb nicht in seiner gestörten Gesundheit liegen.

Die Theorie, daß er ein Justizflüchtling sei, war noch unhaltbarer. Wigtownshire war zwar einsam genug, aber doch nicht so weltabgelegen, daß ein weitbekannter Offizier hier spurlos zu verschwinden hoffen konnte.

Ein Mann, der die Öffentlichkeit scheute, würde sich auch nicht in der Weise, wie der General es getan zum Tagesgespräch gemacht haben. Im großen und ganzen war ich geneigt, anzunehmen, daß des Rätsels Lösung in einer krankhaften Sucht nach Einsamkeit zu suchen sei. Wir erfuhren bald an uns selbst, bis zu welchem Grade die Familie von dieser Sucht nach vollkommener Einsamkeit besessen war.

Mein Vater war eines Morgens mit dem Schatten eines großen Entschlusses auf seiner Stirn zum Vorschein gekommen.

»Du mußt heute dein rosa Kleid anziehen, Esther,« sagte er, »und du, John, mußt dich auch etwas herausmachen; wir werden heute nachmittag zusammen nach Cloomber fahren, um dem General und seiner Gemahlin einen Besuch abzustatten.«

»Hurra, wir gehen nach Cloomber!« rief Esther, fröhlich in die Hände klatschend.

»Ich bin hier,« sagte mein Vater würdevoll, »nicht nur der Verwalter des Gutsherrn, sondern auch sein Verwandter. Und als solcher bin ich überzeugt, daß wir seinem Willen gemäß handeln, wenn wir diesem Fremden alle Freundlichkeiten, die in unseren Kräften stehen, erweisen. Gegenwärtig müssen sie sich einsam und freundlos vorkommen. Denn wie spricht der große Firdusi: ›Eines Mannes köstlicher Schmuck sind seine Freunde!‹«

Meine Schwester und ich wußten aus Erfahrung, daß, wenn unser Vater erst anfing, seine Entschlüsse mit Zitaten aus seinen persischen Dichtern zu begründen, nichts mehr daran zu ändern war.

Und so sahen wir denn auch richtig nachmittags den Phaethon vor der Tür, mit Vater in seinem zweitbesten Rock und einem Paar neuer wildlederner Handschuhe auf dem Kutscherbock.

»Einsteigen, meine Lieben!« rief er, lustig mit der Peitsche knallend. »Wir wollen doch dem General einmal zeigen, daß er keinen Grund hat, sich seiner Nachbarn zu schämen!«

Aber ach, Hochmut kommt doch immer vor dem Fall!

Es stand nicht in den Sternen geschrieben, daß unsere wohlgepflegten Ponys und unser blitzblankes Geschirr den Bewohnern von Cloomber-Hall heute imponieren sollten.

Wir hatten das Tor erreicht, und ich war eben im Begriff vom Wagen herabzuspringen, um es zu öffnen, als unsere Augen auf ein großes, hölzernes Schild fielen, welches an einen Baum so angenagelt war, daß es jedem Vorbeigehenden in die Augen fallen mußte. Auf dem Brett stand in großen, schwarzen Buchstaben folgende gastfreundliche Inschrift: »General und Frau Heatherstone wünschen den Kreis ihrer Bekanntschaften nicht zu erweitern.«

Stumm vor Überraschung starrten wir eine Zeitlang die unerwartete Absage an; dann brachen Esther und ich, als uns die ganze Komik der Situation aufdämmerte, in ein unwiderstehliches Gelächter aus.

Nicht so mein Vater, der die beiden Ponys herumriß und mit zusammengekniffenen Lippen, eine Donnerwolke drohender Entrüstung auf seiner Stirn, nach Hause zurückjagte.

Ich habe den guten Mann nie so außer sich gesehen, bin aber überzeugt, daß sein Ärger nicht durch verletzte Eitelkeit verursacht war, sondern durch den Gedanken, daß in ihm, als dem Repräsentanten des Gutsherrn von Branksome, auch der letztere beleidigt sei.

# VIERTES KAPITEL.

Wenn ich mich überhaupt durch die uns zuteil gewordene wenig formelle Absage beleidigt gefühlt hatte, so hielt diese Stimmung bei mir nicht lange vor. Schon am nächsten Tage hatte ich Gelegenheit, wieder am Schlosse vorbeizugehen, und blieb stehen, um mir das ominöse Schild noch einmal anzusehen.

Als ich noch so dastand und mir über die mutmaßlichen Beweggründe unseres Nachbarn den Kopf zerbrach, bemerkte ich plötzlich, daß zwei hübsche, jugendfrische Mädchenaugen durch das Staket lugten und eine kleine weiße Hand mir eifrig zuwinkte, doch näher zu treten. Als ich mich näherte, sah ich, daß es dieselbe junge Dame war, welche ich zum erstenmal vor einigen Tagen in dem Wagen des Generals gesehen hatte.

»Herr West,« flüsterte sie, sich ängstlich nach allen Seiten hin umblickend, »ich muß bei Ihnen Abbitte für die Ihnen und Ihrer Schwester zugefügte Beleidigung leisten. Mein Bruder war in der Allee und sah alles, fühlte sich aber außerstande, etwas zu tun. Ich kann Ihnen versichern, Herr West, daß, wenn Ihnen das greuliche Brett da ein Dorn im Auge ist, das bei meinem Bruder und mir in noch weit größerem Maße der Fall ist.«

»Aber, Fräulein Heatherstone,« entgegnete ich lachend, um sie zu beruhigen, »England ist ein freies Land, und wenn es einem Manne einfällt, sich von der Außenwelt abzuschließen, so kann ihn niemand daran hindern!«

»Es war einfach brutal!« rief sie jetzt aus, mit ihrem kleinen Fuße aufstampfend. »Und der Gedanke, daß auch Ihre Schwester in so unerhörter Weise mit beleidigt wurde! Ich möchte in den Erdboden sinken vor lauter Scham, wenn ich nur daran denke!«

»Aber ich bitte Sie, die Sache hat ja doch gar nichts weiter zu bedeuten!« sagte ich eindringlich. »Ihr Vater hat sicher seine guten Gründe für diesen Schritt gehabt!«

»Ja, die hat er, das weiß Gott im Himmel!« rief sie niedergeschlagen. »Und doch wäre es mannhafter, denke ich, der Gefahr entgegenzutreten, als davor zu fliehen. Aber das weiß er jedenfalls am besten, und wir können nicht darüber urteilen. – »Wer kommt da?« rief sie ganz plötzlich aus, angstvoll die dunkle Allee hinabblickend. »O, es ist nur mein Bruder Mordaunt,« fügte sie hinzu, als der junge Mann herankam. »Ich habe eben bei Herrn

West Abbitte getan, in deinem sowohl wie in meinem Namen, für das, was sich hier gestern zutrug!«

»Es freut mich außerordentlich, daß ich es auch noch persönlich tun kann,« sagte er höflich. »Ich wünsche nur, Ihre Schwester und Ihren Vater ebenfalls sehen zu können, um ihnen zu versichern, wie leid mir die Geschichte tut. Bitte, gehen Sie noch nicht, Herr West, ich habe noch ein Wort mit Ihnen zu reden.«

Fräulein Heatherstone winkte mir freundlich lächelnd zu und eilte davon, während ihr Bruder das Tor öffnete, zu mir herauskam und das Eisengitter sorgfältig wieder von außen verschloß.

»Ich werde ein wenig mit Ihnen spazierengehen, wenn Sie nichts dagegen haben. Rauchen Sie?« Er entnahm seinem Etui zwei Zigarren und reichte mir eine davon. »Sie sind nicht übel,« meinte er, »ich wurde während meines Aufenthalts in Ostindien Tabakkenner. Haben Sie Feuer? Hoffentlich halte ich Sie nicht von Geschäften ab?«

»Durchaus nicht,« antwortete ich, »Ihre Gesellschaft ist mir im Gegenteil sehr willkommen!«

»Ich will Ihnen etwas sagen!« erwiderte mein Begleiter. »Dies ist das erstemal, daß ich über den Schloßpark hinausgekommen bin, solange wir hier sind.«

»Und Ihre Schwester?«

»Die ist auch noch nie draußen gewesen. Ich bin dem Alten heute entschlüpft, obwohl ich weiß, daß es ihm durchaus nicht recht sein würde, wenn er es wüßte. Es ist eine seiner Launen, daß wir hier ganz unter uns bleiben sollen. Wenigstens würden es die meisten Leute eine bloße Laune nennen. Ich selbst habe Ursache zu glauben, daß er für alles, was er tut, seine guten Gründe hat, obgleich er in diesem Fall vielleicht etwas zu streng ist.«

»Sie müssen es hier sehr einsam finden,« sagte ich. »Könnten Sie nicht dann und wann einmal zu uns herüberkommen? Das Haus dort drüben ist Branksome.«

»Sie sind wirklich sehr freundlich,« antwortete er mit leuchtenden Augen. »Ich wünsche nichts sehnlicher. Unseren alten Kutscher und den Gärtner Israel Stakes ausgenommen, gibt es hier keine Seele, mit der man sich unterhalten könnte.«

»Und Ihre Schwester? Für die muß es noch schlimmer sein!« sagte ich. Mir schien es nachgerade, als ob mein neuer Bekannter sich etwas zu viel über seinen eigenen Kummer und zu wenig über den seiner Schwester grämte.

»Freilich,« antwortete er gleichgültig, »die arme Gabriele leidet ja auch darunter, aber es ist doch für einen jungen Mann bei weitem unnatürlicher in dieser Weise eingemauert zu sein, als für ein Mädchen. Bedenken Sie doch! Ich werde im nächsten März dreiundzwanzig Jahre alt und habe nie eine Universität, ja nicht einmal eine Schule besucht. Ich bin gerade so unwissend, wie irgendeiner von diesen Klutentramplern hier herum. Es mag Ihnen sonderbar vorkommen, ist aber trotzdem der Fall. Glauben Sie nicht selbst, daß ich ein besseres Schicksal verdient hätte?«

Er stand still, während er sprach, und sah mir voll ins Gesicht, seine Hände wie flehend erhoben.

Als ich ihn ansah, während er von der Morgensonne beschienen dastand, konnte ich nicht umhin, die Billigkeit seiner Worte anzuerkennen. Muskulös und hochgewachsen, sah er mit seinem strengen, dunklen Gesicht und den fein gemeißelten Zügen fast aus, als sei er aus dem Rahmen eines alten Charaktergemäldes von Murillo oder Velasquez herausgetreten. Sein massives Kinn und die buschigen Augenbrauen, sowie seine ganze elastische, zähe Figur zeugten von schlummernder Energie und Tatkraft.

»Es gibt zweierlei Arten von Weisheit,« bemerkte ich. »Die eine kommt aus Büchern, die andere aus der Erfahrung. Wenn Sie vielleicht um Ihren rechtmäßigen Anteil an der ersteren betrogen sind, so werden Sie durch einen Löwenanteil an der letzteren entschädigt sein. Ich kann mir nicht vorstellen, daß Sie Ihr ganzes Leben in Vergnügungen und Nichtstun vergeudet haben sollten.«

»Vergnügungen!« rief er. »Vergnügungen!« Er riß seinen Hut ab und ich sah, daß sein schwarzes Haar überall mit grauen Fäden durchzogen war. »Meinen Sie vielleicht, daß die von Vergnügungen herrühren?« rief er, bitter auflachend.

»Sie müssen viel durchgemacht haben,« sagte ich überrascht, »vielleicht eine schwere Krankheit in Ihrer Jugend? Oder sollten vielleicht chronische Ursachen zugrunde liegen? Fortwährend peinigende Sorge und Angst? Ich habe schon junge Männer in Ihrem Alter gekannt, deren Haar ebenso grau war.

Wenn es Ihnen möglich sein sollte, von Zeit zu Zeit nach Branksome zu kommen, so könnten Sie am Ende auch Fräulein Heatherstone mitbringen,« versetzte ich. »Meine Schwester und mein Vater würden sich unbedingt sehr freuen, sie zu sehen, und eine wenn auch noch so kurze Abwechslung würde ihr wohltun.«

»Es wird für uns beide ziemlich schwer halten fortzukommen,« antwortete er. »Wenn es jedoch irgendwie möglich ist, werde ich sie mitbringen. Vielleicht läßt es sich einmal am Nachmittag machen, da der Alte dann häufig eine Siesta hält.«

Als wir den schlängelnden Pfad erreichten, der von der Chaussee abzweigend, unserem Hause zuführte, machte mein Begleiter halt.

»Ich muß jetzt zurück,« sagte er, »man wird mich sonst vermissen. Es ist sehr freundlich von Ihnen, West, solches Interesse an uns zu nehmen. Ich bin Ihnen außerordentlich dankbar, und Gabriele wird es ebenfalls sein, wenn sie von Ihrer freundlichen Einladung hören wird. Nach dem abscheulichen Schilde meines Vaters sind es wirklich feurige Kohlen, die Sie auf meinem Haupte sammeln.«

Er reichte mir die Hand und wandte sich zum Gehen, kam aber plötzlich zurück.

»Es fiel mir gerade ein,« sagte er, »daß wir in Cloomber Ihnen höchst rätselhaft vorkommen müssen. Sie halten es am Ende gar für eine Privat-Irrenanstalt, und ich kann es Ihnen nicht übelnehmen. Da Sie sich wahrscheinlich dafür interessieren, ist es eigentlich unfreundlich von mir, Sie nicht darüber aufzuklären; aber ich habe meinem Vater das strengste Schweigen darüber geloben müssen. Und wirklich, wenn ich Ihnen auch alles erzählen würde, was ich selbst darüber weiß, so würden Sie doch nicht viel klüger sein als jetzt. Nur eins kann ich Ihnen versichern: mein Vater ist gerade so vernünftig wie Sie oder ich, und hat sehr gute Gründe für alles, was er tut und wenn es auch noch so widersinnig erscheinen mag. Sein einziger Beweggrund für diese eingemauerte Einsamkeit ist der Selbsterhaltungstrieb, nicht etwa unlautere oder unehrenhafte Motive.«

»Er befindet sich also in Gefahr?« rief ich aus.

»Ja, in fortwährender Gefahr!«

»Aber weshalb wendet er sich dann nicht an die Obrigkeit um Schutz?« fragte ich. »Wenn er von irgend jemand bedroht wird, braucht er das ja nur zu sagen, und man wird sofort die nötigen Schritt für seine Sicherheit tun.«

»Mein lieber West,« sagte da der junge Heatherstone, »die Gefahr, von der mein Vater sich bedroht sieht, kann durch keine menschliche Dazwischenkunft abgewandt werden. Sie ist aber nichtsdestoweniger vorhanden, und wir stehen vielleicht jetzt gerade nah vor einer Krisis!« –

»Sie wollen doch nicht etwa sagen, daß sie eine übernatürliche ist?« fragte ich ungläubig.

»Kaum,« entgegnete er zögernd. »Aber,« fuhr er fort, »ich habe jetzt schon mehr gesagt, als ich eigentlich darf. Ich weiß jedoch, daß Sie mein Vertrauen nicht mißbrauchen werden. Gott befohlen!«

Er machte sich auf und davon und war meinen Augen bald hinter einer Krümmung der Landstraße verschwunden.

Eine drohende und vielleicht nahe bevorstehende Gefahr, durch keine menschliche Dazwischenkunft abzuhalten und doch wieder kaum übernatürlich zu nennen! Wer löste das Rätsel? –

Ich hatte mich daran gewöhnt, die Heatherstones einfach für exzentrisch zu halten; aber nach dem, was der junge Mordaunt mir erzählt hatte, konnte ich nicht länger zweifeln, daß etwas Dunkles und Unheilvolles alle ihre Handlungen bestimmte. Je mehr ich aber über sie nachdachte, desto unheimlicher wurden sie mir nur, und doch konnte ich mir die Geschichte nicht aus dem Kopfe schlagen.

Das einsame stille Schloß und die furchtbare Katastrophe, die wie ein Damoklesschwert über den Häuptern seiner Bewohner hing, hatten meine Einbildungskraft fieberhaft erregt. Den ganzen Abend und bis tief in die Nacht hinein saß ich am Kamin, in Nachdenken versunken über alles, was ich gehört hatte, aber außerstande, eine Lösung zu finden für das rätseldunkle Geheimnis.

# FÜNFTES KAPITEL.

Es ist wohl kein Wunder, daß ich mich mehr und mehr mit General Heatherstone und dem Geheimnis, das ihn umgab, beschäftigte, als Wochen vergingen, ohne daß ich von den Bewohnern von Cloomber-Hall etwas sah oder hörte. Vergebens strebte ich durch Arbeiten aller Art und strenge Hingabe an meine Pflichten als Gutsverwalter meinen Gedanken wieder eine andere Richtung zu geben. Was ich auch tun mochte, zu Wasser oder zu Land, immer und immer wieder grübelte ich über das Rätsel nach, bis es mir endlich klar wurde, daß es vergebens sei, mich mit irgend etwas anderem zu beschäftigen, solange ich das Problem nicht gelöst haben würde. Nie konnte ich an der langen, düstern, fünf Fuß hohen Umzäunung und dem großen eisernen Tore mit seinem massiven Schlosse vorbeigehen, ohne stehen zu bleiben und mir über das Geheimnis, das hinter diesem unübersteigbaren Hindernis verborgen sein mußte, den Kopf zu zerbrechen.

Aber mit allen meinen Mutmaßungen konnte ich zu keiner Schlußfolgerung gelangen, die auch nur einen Augenblick als eine Erklärung der Tatsachen hätte gelten können. –

Meine Schwester war eines Abends ausgegangen, um einen kranken Bauern zu besuchen, oder sonst irgendeinen der vielen Liebesdienste zu verrichten, durch welche sie sich weit und breit im Lande bald beliebt gemacht hatte.

»John,« sagte sie, als sie heim kam, »hast du Cloomber-Hall heute abend beobachtet?«

»Nein,« erwiderte ich, das Buch, in welchem ich gerade las, niederlegend, »abends überhaupt nicht seit dem Abend, an welchem der General und Mc. Neil herüberkamen, um sich das Haus anzusehen.«

»Willst du dann, bitte, deinen Hut holen und einen kleinen Spaziergang mit mir machen?« entgegnete Esther.

Ich konnte ihr ansehen, daß sie irgend etwas aufgeregt und nervös gemacht haben mußte.

»Aber, gütiger Himmel,« rief ich, »was ist denn mit dir los? Das alte Schloß brennt doch wohl nicht? Du siehst ja aus, als ob ganz Wigtown in Flammen stände!«

»Ganz so schlimm ist es wohl nicht,« erwiderte sie lächelnd. »Aber, bitte komm, John. Du mußt es dir ansehen.«

Ich hatte, aus Furcht, sie zu beunruhigen, meiner Schwester nie etwas von dem fast krankhaften Interesse, das ich für unsere Nachbarn hatte, gesagt. Auf ihre Bitte nahm ich meinen Hut und folgte ihr in die Dunkelheit hinaus. Sie ging auf einem schmalen Fußpfade durch das Moor voran, bis wir auf eine kleine Anhöhe kamen, von welcher wir über die das Schloß umsäumenden Fichten hinweg auf dieses hinunterblicken konnten.

»Sieh doch nur!« sagte meine Schwester, während sie auf der Spitze des kleinen Hügels stehenblieb.

Cloomber lag wie in einem Lichtmeer gebadet vor uns. In der unteren Etage verdunkelten die Fensterläden den Schein, aber von den breiten Fenstern des zweiten Stockwerkes bis zu den engen Gucklöchern des Turmes war nicht ein Schlitz, nicht eine Spalte, die nicht einen Strom von Licht ausstrahlte.

So blendend war die Wirkung, daß ich zuerst überzeugt war, das Haus brenne; aber die ruhige und klare Helle enthob mich bald dieser Sorge. Es war augenscheinlich das Resultat einer systematischen Aufstellung von Lampen in dem ganzen Gebäude. Was aber die eigentümliche Wirkung noch erhöhte, war, daß alle diese glänzend erleuchteten Zimmer augenscheinlich unbewohnt und einige, soviel ich sehen konnte, nicht einmal möbliert waren. In dem ganzen großen Hause sah man kein Zeichen von Leben, nichts als die klare und stetige Flut gelben Lichtes.

Ich hatte mich von meinem Erstaunen noch nicht erholt, als ich ein kurzes, krampfhaftes Schluchzen neben mir hörte.

»Was fehlt dir denn, liebe Esther?« fragte ich besorgt.

»Ich fürchte mich so! O John, bringe mich nach Hause. Mir ist so bange!« klang die zitternde Antwort.

Sie hing sich an meinen Arm und zog in wahnsinniger Angst an meinem Rocke.

»Es ist ja alles ganz in Ordnung, Liebling,« sagte ich beschwichtigend. »Worüber regst du dich denn nur so auf?«

»Ich fürchte mich vor ihnen, John! Ich fürchte mich vor den Heatherstone! Weshalb ist ihr Haus jeden Abend so erleuchtet? Ich habe von anderen gehört, daß es immer so ist. Und weshalb läuft der Alte davon wie ein erschreckter Hase, wenn ihm unverhofft jemand begegnet? Es ist etwas nicht richtig mit ihnen, John, und das beängstigt mich.«

Ich beruhigte sie, so gut ich konnte, und nahm sie mit nach Hause, wo ich ihr, ehe sie zur Ruhe ging, etwas Glühwein bereitete.

Aus Furcht, sie noch mehr aufzuregen, vermied ich es, von den Heatherstones zu sprechen, und sie kam selbst nicht darauf zurück. Ich war jedoch überzeugt, daß sie schon seit einiger Zeit ihre eigenen Beobachtungen angestellt hatte, und daß sie schließlich ängstlich geworden war. Ich konnte wohl sehen, daß die allnächtliche Beleuchtung des Schlosses an und für sich diese außerordentliche Aufregung nicht verschuldet haben konnte, und daß diese in ihren Augen nur dadurch Wichtigkeit erhielt, daß sie ein Glied in einer Kette von Ereignissen bildete, die alle einen mehr oder weniger unheimlichen und ängstlichen Eindruck auf sie gemacht hatten. Zu dieser Schlußfolgerung kam ich schon damals, und ich habe jetzt gute Gründe, zu glauben, daß meine Schwester noch mehr Ursache als ich zu der Annahme hatte, es sei mit den Bewohnern von Cloomber-Hall nicht ganz geheuer.

Unser Interesse mag zuerst bloß Neugierde gewesen sein, aber die jetzt folgenden Ereignisse sollten uns bald enger mit der Familie Heatherstone verbinden.

Mordaunt hatte sich meine Einladung, uns zu besuchen, zunutze gemacht und hatte verschiedene Male auch seine hübsche Schwester mitgebracht. Wir wanderten dann gewöhnlich zu vieren auf der Heide umher oder segelten, wenn das Wetter schön war, in unserem kleinen Boote auf die Irische See hinaus. Auf solchen kleinen Ausflügen waren dann die Geschwister so heiter und fröhlich wie zwei Kinder. Es war ihnen eine Erlösung, einmal aus ihrer langweiligen Festung herauszukommen und sich, wenn auch nur für einige Stunden, von freundlichen und sympathischen Gesichtern umgeben zu sehen.

Aber die Folgen dieses schönen, verbotenen Beisammenseins waren unausbleiblich. Aus der Bekanntschaft wurde Freundschaft, aus der Freundschaft innige Liebe. Gabriele sitzt gerade jetzt neben mir und sieht mir zu, wie ich schreibe, und sie stimmt mir bei, daß die Geschichte unserer Liebe zu persönlicher Natur ist, um in diesen Zeilen mehr als einfach erwähnt zu werden. Ich begnüge mich also mit der Bemerkung, daß einige Wochen nach unserem ersten Zusammentreffen Mordaunt Heatherstone Herz und Hand meiner geliebten Schwester gewonnen und Gabriele mir das Gelübde ewiger Treue gegeben hatte.

Ich habe hier nur kurz auf diese doppelte Verbindung angespielt, weil ich keine Liebesgeschichte schreiben will und auch den Faden meiner Erzählung, die von General Heatherstone, aber nicht von mir handelt, nicht darüber verlieren möchte.

Es versteht sich von selbst, daß wir nach unserer Verlobung noch häufiger als zuvor mit den jungen Heatherstones verkehrten. Zuweilen, wenn der General durch Geschäfte nach Wigtown gerufen oder durch die Gicht an sein Zimmer gefesselt war, brachten sie ganze Tage bei uns zu. Unser guter Vater war immer da, um sie mit seinen kleinen, gut angebrachten Späßen zu begrüßen; wir hatten keine Geheimnisse vor ihm, und er betrachtete sie jetzt schon als seine Kinder.

Es gab aber auch Zeiten, in denen ein besonders aufregender und unheimlicher Anfall des Generals es wochenlang für Gabriele und Mordaunt unmöglich machte, auch nur den Park zu verlassen. Er pflegte dann auf Posten vor dem Tore zu stehen, oder den Fahrweg auf und ab zu marschieren, als ob er fürchtete, daß jemand den Versuch machen könnte, in seine Verborgenheit einzudringen. Als ich eines Abends vorbeiging, konnte ich seine dunkle, drohende Gestalt im Schatten der Bäume umherhuschen sehen, wie er mich mit seinem strengen, viereckigen Gesicht durch das Gitter hindurch beobachtete. Es war ein trauriger Anblick, diese nervösen Bewegungen, die ängstlich spähenden Augen und verstörten Züge. Wer hätte geglaubt, daß dieses gebückte, schleichende Geschöpf einst ein schneidiger Offizier gewesen sei, der sein Leben fürs Vaterland eingesetzt hatte und unter Hunderten von tapferen Männern seines Mutes wegen ausgezeichnet worden war?

Trotz der Wachsamkeit des alten Soldaten brachten wir es doch fertig, uns mit unseren Freunden in Verbindung zu setzen. Gleich hinter dem Schlosse war eine Stelle, wo das Staket so nachlässig errichten worden war, daß zwei der Latten ohne Mühe entfernt werden konnten. Diese breite Lücke gab uns die Gelegenheit für manch ein verstohlenes Stelldichein. Freilich waren diese notwendigerweise sehr kurz, da der General in seinen Wanderungen unberechenbar und keine Stelle des Parkes vor seinem Besuche sicher war.

Wie lebhaft steht die Erinnerung an eines dieser eiligen Rendezvous vor mir! Klar und friedlich hebt es sich von den wilden und geheimnisvollen Ereignissen ab, die schließlich zu einer schrecklichen Katastrophe führten und den Schatten über unser ganzes Leben warfen.

Ich erinnere mich, wie ich eines Morgens durch das Feld ging; das Gras war noch feucht vom Morgentau und die Luft schwer von dem Dufte frischgepflügter Erde. Gabriele wartete auf mich unter dem Hagedorn vor der Lücke, und wir standen bald Hand in Hand, auf das weite Moor sowie auf den breiten, blauen Streifen Wasser hinabblickend, welcher jenes wie mit einem Gürtel von weißem Schaum umspannte. Im fernen Nordwesten erglänzte der Gipfel vom Mount Throoter in den Strahlen der Morgensonne, und von der großen, nach Belfast führenden Wasserstraße her sah man den Rauch von eilenden Dampfern aufsteigen.

»Ist das Bild nicht wundervoll?« fragte Gabriele, mit ihren Händen meinen Arm umfassend. »O John, weshalb können wir nicht frei über die Wellen davonsegeln und alle unsere Sorgen hier am Ufer zurücklassen?«

»Was für Sorgen sind es denn, die du so gern zurücklassen möchtest, mein Lieb?« fragte ich. »Darf ich sie nicht kennen, damit ich dir helfen kann, sie zu tragen?«

»Ich habe keine Geheimnisse vor dir, John,« antwortete sie. »Unsere Hauptsorge ist, wie du dir leicht denken kannst, das sonderbare Wesen meines armen Vaters. Ist es nicht traurig, daß ein Mann, der sich so vor aller Welt ausgezeichnet hat, von einem abgelegenen Winkel des Landes zum anderen fliehen muß wie ein gemeiner Dieb? Und wir sind außerstande, sein Geschick in irgendeiner Weise zu er leichtern!«

»Aber weshalb tut er es denn, Gabriele?« fragte ich.

»O, ich kann es nicht sagen,« antwortete sie freimütig. »Ich weiß nur, daß er irgendeine drohende Gefahr über seinem Haupte schweben fühlt und daß die Ursache hierfür in seinem Aufenthalt in Ostindien zu suchen ist. Aber welcher Art diese Gefahr ist, weiß ich ebensowenig wie du.«

»Dann weiß es aber dein Bruder!« antwortete ich. »Nach der Art wie er sich mir gegenüber ausließ, bin ich überzeugt, daß er weiß, worin die Gefahr besteht, und daß er sie als wirklich vorhanden ansieht.«

»Ja, er weiß es und ebenso auch meine Mutter,« antwortete Esther, »aber sie haben es immer vor mir geheim gehalten. Mein armer Vater ist gerade jetzt wieder furchtbar aufgeregt. Tag und Nacht befindet er sich in der schrecklichsten Angst; aber bald ist ja der fünfte Oktober, und dann wird wieder Frieden herrschen.«

»Woher weißt du das?« fragte ich überrascht.

»Aus Erfahrung,« erwiderte sie ernst. Am fünften Oktober kommen alle diese Befürchtungen zu einer Krisis. Jahrelang schon pflegt er Mordaunt und mich an dem Tage in unsere Zimmer einzuschließen, so daß wir keine Ahnung haben von dem, was vorgeht! Nachher aber ist es, als ob ihm ein Stein vom Herzen gefallen wäre, und er ist auch verhältnismäßig ruhig, bis der kritische Tag wieder herannaht.«

»Dann habt ihr ja nur noch ungefähr zehn Tage zu warten,« sagte ich, denn es war jetzt Ende September. »Apropos, Liebste, weshalb sind eigentlich alle eure Zimmer des Nachts erleuchtet?«

»Hast du das bemerkt?« entgegnete sie. »Das rührt auch von meines Vaters Befürchtungen her. Er kann keine dunkle Ecke in seinem Hause leiden. Er geht nachts viel im Hause umher und sieht alles nach, von den obersten Dachstübchen bis hinunter zu den Kellern. Er hat in jedem Zimmer und in jedem Korridor, auch in den leerstehenden, große Lampen aufstellen lassen, und die Bedienten müssen sie alle anstecken, sobald es dunkelt.«

»Es nimmt mich wunder, daß ihr eure Bedienten behalten könnt,« sagte ich lachend, »die Mägde in dieser Gegend sind sehr abergläubisch, und alles, was sie nicht verstehen, erregt leicht ihre Einbildungskraft.«

»Die Köchin und beide Hausmägde sind aus London und an unsere Eigentümlichkeiten gewöhnt. Wir bezahlen außerordentlich gut, um sie für alle etwaigen Unannehmlichkeiten zu entschädigen. Israel Stakes, der Kutscher, ist der einzige, der aus dieser Gegend stammt, und er scheint ein phlegmatischer, ehrlicher Kerl zu sein, der sich nicht ins Bockshorn jagen läßt.«

»Armes Mädchen!« rief ich aus, auf die schlanke Gestalt neben mir blickend. »Das ist doch kein Leben für dich! Weshalb erlaubst du mir nicht, dich davon zu erlösen? Soll ich zum General gehen und ihn einfach um deine Hand bitten? Schlimmstenfalls könnte er sie mir doch nur abschlagen!«

Sie erbleichte bei dem bloßen Gedanken an eine solche Möglichkeit.

»Um des Himmels willen, John,« rief sie aus. »Tue das nur nicht! Er würde uns alle sofort bei Nacht fortschleppen, und binnen acht Tagen würden wir uns in irgendeiner Wildnis ansiedeln, wo wir nie wieder Gelegenheit hätten, einander zu sehen oder auch nur voneinander zu hören. Außerdem würde er uns nie verzeihen, daß wir uns aus dem Park hinausgewagt haben.«

»Ich glaube nicht, daß er ein hartherziger Mann ist,« bemerkte ich. »Ich habe wiederholt, trotz seines finsteren Aussehens, einen freundlichen Blick in seinen Augen bemerkt.«

»Er kann der allergütigste Vater sein,« entgegnete sie, »aber er ist schrecklich, wenn man sich ihm widersetzt. Du hast ihn noch nie so gesehen, und hoffentlich wirst du auch nie Gelegenheit dazu haben. Diese eiserne Willenskraft und diese unbeugsame Energie waren es eben, die ihn zu einem schneidigen Offizier machten. Glaube mir, in Ostindien stand er in höchstem Ansehen. Die Soldaten fürchteten ihn. würden ihm aber überallhin gefolgt sein.«

»Und hatte er damals schon diese nervösen Anfälle?«

»Gelegentlich, aber bei weitem nicht so heftig. Er scheint zu glauben, daß die Gefahr – worin sie auch immer bestehen mag – mit jedem Jahre drohender wird. Ach, John, es ist schrecklich, so mit dem Damoklesschwert über unseren Häuptern dahinleben zu müssen – und noch schrecklicher für mich, weil ich keine Ahnung habe, woher der Streich kommen kann!«

Ich ergriff ihre Hand und zog sie an mich.

»Liebe Gabriele,« sagte ich, »sieh dir nur diese reizende Landschaft und das weite, blaue Meer an. Ist nicht alles friedlich und schön? In allen diesen Hütten, die mit ihren roten Ziegeldächern aus dem grauen Moore hervorlugen, leben einfache, gottesfürchtige Menschen, die schwer um ihr tägliches Brot arbeiten und niemand übel wollen. Nur sieben Meilen von hier liegt eine große Stadt, wo alle modernen Schutzmaßregeln für Erhaltung der Ordnung getroffen sind. Zehn Meilen davon ist eine Garnison einquartiert, und ein Telegramm könnte jederzeit eine Kompagnie Soldaten herbeirufen. Jetzt frage ich dich, Schatz, was für eine Gefahr kann euch in dieser Gegend drohen, wo doch Hilfe nahe zur Hand ist? Du sagtest doch, daß die Gefahr in keinem Zusammenhange mit deines Vaters Gesundheit steht?«

»Nein, davon bin ich überzeugt. Es ist ja wahr, daß Dr. Easterling ihn ein- oder zweimal besucht hat, aber das war nur einer kleinen Unpäßlichkeit wegen. Du kannst versichert sein, daß in dieser Beziehung keine Gefahr vorhanden ist.«

»Dann kannst du versichert sein,« sagte ich lachend, »daß überhaupt keine Gefahr vorhanden ist. Es muß irgendeine Monomanie oder eine sonderbare Idee sein. Keine andere Hypothese verträgt sich mit den Tatsachen.«

»Würde eine solche Monomanie meines Vaters die Tatsache erklären, daß meines Bruders Haare ergrauen und meine Mutter zu einem bloßen Schatten dahinschwindet?«

»Unzweifelhaft!« erwiderte ich. »Die fortwährende Aufregung wie auch die Unruhe und Reizbarkeit des Generals müssen einen solchen Einfluß auf empfindsame Naturen ausüben!«

»Nein, nein,« sagte sie, traurig den Kopf schüttelnd, »ich bin selbst dieser Unruhe und Reizbarkeit meines Vaters ausgesetzt, aber ich habe nie eine solche Wirkung bei mir beobachtet. Der Unterschied besteht darin, daß sie dieses furchtbare Geheimnis kennen und ich nicht!«

»Meine Liebste,« sagte ich, »die Zeiten der Familiengespenster und dergleichen sind vorüber. Es spukt heutzutage nicht mehr, und diese Annahme ist deshalb ganz außer Frage. Was bleibt uns dann aber übrig? Es gibt keine andere Theorie, an die man auch nur denken könnte. Glaube mir, das ganze Geheimnis wird sein, daß die Hitze in Ostindien das Gemüt deines armen Vaters angegriffen hat.«

Was sie mir geantwortet haben würde, das kann ich nicht sagen, denn sie fuhr plötzlich zusammen, als ob sie ein Geräusch gehört hätte. Als sie sich furchtsam umschaute, sah ich, wie ihre Züge starr wurden und ihre Augen sich weit öffneten. Ich folgte der Richtung ihres Blickes, und eine Gänsehaut überlief mich, als ich ein Gesicht gewahrte, das uns, halbversteckt hinter einem Baumstamm, beobachtete – verzerrt und entstellt durch die wildeste Wut.

Sobald der Mann, dem dieses Gesicht gehörte, sich bemerkt sah, kam er hervor und auf uns zu, und ich erkannte, daß es niemand anderes war als der General selbst. Seine Hände ballten sich förmlich vor Erregung, und seine tiefliegenden Augen glühten unter ihren blau-geaderten Lidern mit einem unheimlichen, geradezu teuflischen Glanze.

## SECHSTES KAPITEL

»Auf dein Zimmer, Mädchen!« schrie er mit heiserer, barscher Stimme, indem er zwischen uns trat und gebieterisch nach dem Hause zeigte.

Er wartete, bis Gabriele, mit einem letzten, erschreckten Blick auf mich, durch die Lücke hindurch verschwunden war; dann wandte er sich mir zu mit einem so drohenden Ausdruck in seinem Gesicht, daß ich unwillkürlich ein paar Schritte zurücktrat und meinen eichenen Stock fester faßte.

»Sie – Sie!« stammelte er, sich mit der Hand nach der Kehle greifend, als ob er vor Wut beinahe erstickte. »Sie haben es gewagt, in mein Privatleben einzudringen? Glauben Sie vielleicht, daß ich diesen Zaun errichtet habe, damit sich alles Ungeziefer im Lande daherum versammeln soll? O, Sie sind Ihrem Tode nahe gewesen; näher werden Sie ihm in Ihrem ganzen Leben nicht sein. Sehen Sie her!« Er zog einen kurzen, dicken Revolver aus seiner Brusttasche. »Wenn Sie sich durch jene Lücke gewagt und mein Eigentum betreten hätten, so würde ich Ihnen das Lebenslicht ausgeblasen haben. Ich will hier keine Vagabunden haben. Ich weiß mit solchen Herrschaften umzugehen, ob sie nun schwarz oder weiß sind!«

»Mein Herr,« sagte ich, »ich hatte nichts Schlimmes im Sinne, als ich hierher kam, und verstehe nicht, wie Sie zu diesem sonderbaren Wutausbruch kommen. Erlauben Sie mir aber gefälligst, zu bemerken, daß Sie noch immer Ihren Revolver auf mich gerichtet halten, und da Ihre Hand zittert, ist es sehr gut möglich, daß er losgeht. Wenn Sie also nicht sofort den Lauf niederhalten, werde ich mich genötigt sehen, Ihre Hand mit meinem Stock niederzuschlagen.«

»Was zum Teufel hat Sie denn hierher gebracht?« fragte er, etwas ruhiger, während er seine Waffe in seine Brusttasche zurückschob. »Kann denn ein Gentleman nicht in Frieden leben, ohne daß jedweder hierher kommt, um zu spionieren? Können Sie sich nicht um Ihre eigenen Geschäfte bekümmern? Und meine Tochter? Wie kommt es, daß Sie die kennen? Und was versuchten Sie eben, aus ihr herauszubekommen? Es ist kein Zufall, daß Sie hier sind!«

»Nein,« sagte ich offen, »es ist kein Zufall, daß ich hier bin. Ich habe verschiedentlich Gelegenheit gehabt, mit Ihrer Tochter zusammenzukommen und ihre vielen guten Eigenschaften kennen zu lernen. Wir sind Verlobte, und ich kam eigens in der Absicht hierher, um sie zu sprechen!«

Anstatt aber rasend zu werden, wie ich erwartet hatte, ließ er einen langen Pfiff des Erstaunens hören und lehnte sich gegen das Staket, indem er leise in seinen Bart hineinlachte.

»Englische Jagdhunde spielen gern mit Würmern!« bemerkte er dann. »Wenn wir sie nach Ostindien brachten, trabten sie gewöhnlich in die Dschungeln hinein und schnüffelten dort an vermeintlichen Würmern herum. Aber der Wurm entpuppte sich als eine giftige Schlange, und der Hund mußte es büßen. Und es kommt mir vor, als ob Sie sich in einer ähnlichen Stellung befinden werden, wenn Sie nicht aufpassen!«

»Sie werden doch wohl Ihre eigene Tochter nicht verdächtigen wollen!« rief ich, vor Entrüstung errötend.

»O, mit Gabriele ist es schon richtig!« antwortete er nachlässig. »Aber unsere Familie ist nicht derart, daß ich einem jungen Manne raten möchte, hineinzuheiraten. Und bitte, wie kommt es denn, daß mir von diesem Arrangement nichts gesagt wurde?«

»Wir fürchteten, mein Herr, daß Sie uns trennen würden,« antwortete ich, da ich fühlte, daß absolute Offenheit unter diesen Umständen das beste war. »Es ist ja möglich, daß wir uns irrten. Ehe Sie aber eine endgültige Entscheidung treffen, muß ich Sie dringend bitten, zu bedenken, daß unser beider Glück hier auf dem Spiele steht. Sie können unsere Körper trennen, aber unsere Herzen werden auf ewig vereint sein.«

»Mein lieber Junge,« sagte der General, in einem nicht unfreundlichen Tone. »Sie wissen nicht, was Sie verlangen. Die Kluft, die zwischen Ihnen und denen besteht, in deren Adern das Blut der Heatherstones fließt, kann nie überbrückt werden.«

Sein Ärger war jetzt gänzlich verschwunden und hatte einem leichten Anflug von Spott Platz gemacht.

Mein Familienstolz regte sich bei diesen Worten.

»Die Kluft ist vielleicht nicht so weit, wie Sie sich einbilden,« sagte ich kalt. »Wir sind keine Klutentrampler, wenn wir auch in dieser abgelegenen Gegend leben. Ich bin väterlicherseits von adliger Abkunft, und meine Mutter war eine geborene von Buchenau. Ich kann Ihnen versichern, daß die Ungleichheit zwischen uns nicht so groß ist, wie Sie anzunehmen scheinen.« –

»Sie mißverstehen mich,« antwortete der General. »Der Vergleich würde schon zu Ihren Gunsten ausfallen. Es gibt aber gewisse Gründe, derentwegen Gabriele ledig leben und sterben muß. Es würde Ihnen nicht zum Vorteil gereichen, sie zu heiraten.«

»Aber, mein Herr,« widersprach ich ihm, »ich kann doch sicher selbst am besten über meine Interessen und Vorteile entscheiden. Wenn Sie diesen Standpunkt einnehmen, wird die Sache schon leichter; denn ich schwöre Ihnen, das einzige Interesse, das mir am Herzen liegt, ist, daß ich meine Geliebte heimführen möchte. Wenn das Ihr einziger Einwand gegen unsere Verbindung ist, können Sie uns getrost Ihre Einwilligung geben. Die etwaigen Gefahren, welche ich durch meine Heirat mit Gabriele auf mich herabbeschwöre, machen mir verzweifelt wenig aus.«

»Nun sieh mal einer den jungen Kampfhahn an!« rief der General aus, über meinen Eifer lächelnd. »Es ist leicht, einer Gefahr zu trotzen, wenn man nicht weiß, worin sie besteht!«

»Worin besteht sie denn?« fragte ich erregt. »Keine Gefahr auf Erden wird mich von Gabrieles Seite vertreiben. Sagen Sie mir, worin sie besteht, und prüfen Sie mich!«

»Nein, das wird niemals möglich sein,« seufzte er, und nachdenklich, wie im Selbstgespräch, fuhr er fort: »Er hat viel Mut und ist auch ein kräftiger Kerl. Wir könnten ihn am Ende gut gebrauchen.«

Er murmelte eine Zeitlang so vor sich hin, mit seinen Augen ins Leere starrend, als ob er meine Anwesenheit vergessen hätte.

»Sehen Sie mal her, West!« sagte er plötzlich. »Sie werden es mir nicht übelnehmen, daß ich Sie vorhin etwas barsch anfuhr. Es ist das zweitemal, daß ich für dasselbe Vergehen Abbitte leisten muß. Es soll auch nicht wieder vorkommen. Ich bin zweifelsohne etwas überängstlich in meinem Wunsche nach vollkommener Einsamkeit, aber ich habe meine guten Gründe, darauf zu bestehen. Ich habe nun eine Ahnung – ob begründet oder nicht, ist gleichgültig –, daß hier eines Tages eine organisierte Razzia auf mein Eigentum stattfinden wird. Wenn nun etwas derartiges vorkommen sollte, kann ich auf Ihre Hilfe rechnen?«

»Von ganzem Herzen!«

»Wenn Sie also jemals eine Botschaft bekämen, wie zum Beispiel: ›Komm!‹ oder auch nur ›Cloomber!‹ so würden Sie wissen, daß es ein Hilferuf ist, und sofort zu uns eilen, mitten in der Nacht, wenn nötig?«

»Auf jeden Fall!« antwortete ich. »Aber darf ich fragen, worin diese fürchterliche Gefahr denn eigentlich besteht?«

»Es würde Ihnen nichts nützen, wenn Sie es auch wüßten. Sie würden es kaum verstehen, wenn ich es Ihnen auch verriete. Ich muß Ihnen jetzt Adieu sagen; ich habe mich sowieso schon zu lange aufgehalten. Vergessen Sie nicht: wir rechnen jetzt auf Sie als ein Mitglied der Garnison von Cloomber!«

»Noch eins,« sagte ich eilig, denn er wandte sich schon ab. »Hoffentlich zürnen Sie Ihrer Tochter nicht. Sie hat nur meinetwegen Ihnen gegenüber ein Geheimnis aus unserem Verhältnis gemacht.«

»Schon gut!« meinte er, mit seinem kalten rätselhaften Lächeln. »Ich bin nicht solch ein Oger im Schoße meiner Familie, wie Sie anzunehmen scheinen. Was diese Heirat anbelangt, rate ich Ihnen als Ihr Freund, die ganze Geschichte fallen zu lassen. Sollte das aber unmöglich sein, so muß ich darauf bestehen, daß die Sache vorläufig ganz ruhen bleibt. Man kann im voraus nicht sagen, wie sich die Ereignisse entwickeln werden. Adieu!«

Er schlug sich seitwärts in die Büsche und war bald hinter dem Gestrüpp verschwunden.

So endete dieses sonderbare Gespräch, in welchem mir der seltsame Mensch zuerst eine Pistole auf die Brust gesetzt und mich am Ende als eventuellen Schwiegersohn anerkannt hatte.

Ich wußte selbst kaum, ob ich mich darüber freuen sollte oder nicht. Es war wahrscheinlich, daß er unsere bisherigen häufigeren Zusammenkünfte verhindern würde, indem er seine Tochter in strengerem Gewahrsam hielt. Demgegenüber hatte ich indes seine Zustimmung, meine Bewerbung später erneuern zu dürfen. Als ich darum nachdenklich nach Hause ging, kam ich zu dem Schluß, daß sich im großen und ganzen meine Lage durch den Zwischenfall verbessert hatte.

Aber diese Gefahr – diese nebelhafte, unaussprechliche Gefahr –, die bei jeder Wendung aufzutauchen schien und Tag und Nacht die Türme von Cloomber umwölkte! Wie sehr ich mir auch den Kopf darüber zerbrach, alle Lösungen des Rätsels, die ich versuchte schienen kindisch und unzureichend. Einzig eine Tatsache kam mir bedeutsam vor. Beide, Vater und Sohn, hatten mir versichert, daß ich die Gefahr nicht begreifen würde, wenn ich auch erführe, worin sie bestehe. Wie fremdartig und bizarr muß eine Furcht sein, der man kaum in verständlicher Sprache

Ausdruck geben kann! Ich erhob meine Hand in der Dunkelheit, ehe ich einschlief, und schwur, daß keine Menschen- und Teufelsmacht meine Liebe für das Mädchen wandeln sollte, dessen reines Herz mir zu gewinnen ich das Glück gehabt hatte.

# SIEBENTES KAPITEL

War meine Einbildungskraft schon bis zum äußersten erregt gewesen, um wieviel mehr war sie das jetzt. Wie konnte ich mich der einförmigen Gutsverwaltung widmen oder mich für das Schindeldach eines Kätners oder die Bootsegel eines Fischers interessieren, während ich in Gedanken vergebens nach einer Erklärung der Rätsel suchte, in deren Netze ich mich verstrickt sah. Wohin ich auch gehen mochte, überall sah ich nur den viereckigen, weißen Turm von Cloomber über die Bäume hinausragen; und unter dem Turme lebte diese unglückliche Familie und wartete und wachte, wachte und wartete – auf was?

Das war die einzige Frage, die wie eine unübersteigbare Schranke am Ende jedes Gedankenganges sich vor mir auftürmte. Schon als ein Rätsel an und für sich betrachtet, hatte das die Heatherstonesche Familie umgebende Geheimnis eine unwiderstehliche Anziehungskraft. Nachdem nun gar das Mädchen, das ich vieltausendmal mehr liebte als mich selbst, so tief bei der Lösung desselben interessiert war, fühlte ich, daß es mir bis zur endlichen Aufklärung des Problems vollends unmöglich sein würde, meine Gedanken irgendwelchen anderen Gegenständen zuzuwenden. Mein guter Vater hatte einen Brief von dem Gutsherrn aus Neapel empfangen, in dem dieser uns mitteilte, daß ihm der klimatische Wechsel wohlgetan habe und daß er sobald nicht nach Schottland zurückzukehren gedenke. Dies war uns allen ganz angenehm, denn mein Vater hatte in Branksome einen für seine Studien sehr geeigneten Platz gefunden, und es würde ihm sehr schwer geworden sein, in das geräuschvolle Treiben einer großen Stadt zurückzukehren. Was aber meine liebe Schwester und mich selbst anbelangte, so hatten wir, wie gesagt, noch stärkere Gründe, uns nach den Mooren von Wigtownshire hingezogen zu fühlen.

Trotz meines Zusammenstoßes mit dem General – oder vielleicht gerade deswegen – ging ich täglich mindestens zweimal nach dem benachbarten Cloomber hinüber, um mich zu überzeugen, ob alles in Ordnung sei. Er hatte anfangs meine Aufdringlichkeit schroff zurückgewiesen, hatte mich aber schließlich halb und halb in sein Vertrauen gezogen und mich sogar um meine Hilfe gebeten; ich fühlte infolgedessen, daß ich mit ihm auf einem anderen Fuße stand als bisher, und daß er sich durch meine Gegenwart kaum mehr belästigt fühlen würde.

In der Tat war er, als ich ihn nach einigen Tagen traf, während er die Umzäunung überschritt, sehr höflich gegen mich, obwohl er keinerlei Anspielung auf unsere frühere Unterredung machte. Er schien noch immer außerordentlich nervös zu sein. Alle Augenblicke fuhr er auf und blickte verstört um sich. Ich hoffte im stillen, daß seine Tochter recht gehabt hatte, als sie mir den fünften Oktober als den kritischen Tag bezeichnete, denn es war mir klar, als ich seine glühenden Augen und zuckenden Hände sah, daß niemand lange in einem solchen Zustande nervöser Spannung leben könne.

Ich sah, daß er die losen Latten hatte festmachen lassen, so daß unser früheres Schlupfloch jetzt verschlossen war, und obwohl ich den ganzen langen Zaun entlang schlich, war ich nicht imstande, eine andere Stelle zu finden, durch die ein Eintritt zu bewerkstelligen gewesen wäre. Durch die Spalten der Umzäunung hindurch konnte ich hier und da einen Blick auf das Schloß werfen, und eines Tages sah ich am Fenster des unteren Stockwerks einen rauh aussehenden Mann von mittlerem Alter, den ich für Israel Stakes, den Kutscher hielt. Von Gabriele oder Mordaunt war nichts zu sehen, und ihre Abwesenheit beunruhigte mich. Ich war überzeugt, daß, wenn sie nicht gewaltsam zurückgehalten würden, sie sich sicher mit meiner Schwester oder mit mir in Verbindung gesetzt hätten. Meine Befürchtungen steigerten sich, als Tag auf Tag verging, ohne daß wir das geringste von ihnen gehört oder gesehen hätten.

Eines Morgens – es war der zweite Oktober – ging ich dem Schlosse zu, in der Hoffnung, vielleicht etwas von meinem Liebling zu erfahren. Da sah ich einen Mann auf einem Steine neben dem Wege hocken. Als ich näher kam, konnte ich sehen, daß es ein Fremder war, und nach seinen staubigen Kleidern und seinem abgerissenen Aussehen zu urteilen, schien er von weit her gekommen zu sein. Er hatte einen großen Knust Brot auf dem Knie und ein Taschenmesser in der Hand. Aber er hatte augenscheinlich sein Frühstück gerade beendet, denn er klopfte die Brocken von seinen Kleidern und erhob sich, als er meiner gewahr wurde. Da ich die große Statur des Kerls bemerkt hatte und sah, daß er seine Waffe noch in der Hand hielt, blieb ich auf der anderen Seite des Weges, da ich wohl wußte, daß Entbehrung

Menschen desperat macht, und fürchtete, daß die glänzende Kette auf meiner Weste auf der einsamen Landstraße eine zu große Versuchung sein könnte.

Meine Befürchtungen erwiesen sich als begründet, denn der Kerl trat in die Mitte des Weges und verhinderte mich am Weitergehen.

»Na, alter Schwede,« sagte ich mit affektierter Sorglosigkeit, »was kann ich für Sie tun?«

Sein Gesicht war von Wind und Wetter mahagonibraun gegerbt, und eine tiefe Narbe, die vom Mund bis zum Ohre reichte, verschönerte sein Aussehen nicht gerade. Sein Haar war ergraut, aber seine Figur kräftig, und seine Pelzmütze saß schief über einem Ohre, was ihm ein burschikoses halb militärisches Aussehen gab. Alles in allem genommen hatte ich den Eindruck, daß er einer der gefährlichsten Typen von Landstreichern war, die ich je gesehen hatte.

Anstatt auf meine Frage zu antworten, betrachtete er mich eine Zeitlang schweigend mit seinen mürrischen, blutunterlaufenen Augen und ließ dann sein Messer zusammenklappen.

»Sie sind kein Leutefänger!« sagte er. »Zu jung, vermutlich! In Pailey haben sie mich ins Loch gesteckt, und in Wigtown haben sie mich ins Loch gesteckt, aber, zum Henker noch mal, wer jetzt wieder Hand an mich legt, der soll zeitlebens an Korporal Rufus Smith denken! Es ist ein verdammt feines Land, wo man 'nem Menschen keine Arbeit geben will und ihn sodann noch einsperrt, weil er keinen Nahrungsausweis beibringen kann.«

»Es tut mir leid, einen alten Soldaten so heruntergekommen zu sehen,« sagte ich. »Bei welchem Regiment dienten Sie denn?«

»Batterie H., reitende Artillerie. Zum Teufel mit dem ganzen Dienst und allen, die darin sind! Jetzt bin ich fast sechzig Jahre alt, mit einer Bettelpension von achtunddreißig Pfund zehn Schilling – nicht genug, um Bier und Tabak zu kaufen!«

»Ich sollte meinen, daß achtunddreißig Pfund zehn Schilling Ihnen in Ihren alten Tagen ganz willkommen sein würden,« bemerkte ich ernst.

»Meinen Sie?« antwortete er höhnisch und streckte sein verwittertes Gesicht vor, bis es fast das meinige berührte. »Wieviel, glauben Sie wohl, ist der Schmiß mit dem Tulwar da wert? Und mein Fuß, in dem die Knochen klappern wie ein Sack voll Würfel. Was ist das wert? Und eine Leber wie ein Schwamm und

Schüttelfrost bei jedem Ostwind – was kostet das unter Brüdern? Würden Sie die Bescherung für die schmutzigen vierzig Pfund jährlich nehmen – wirklich?«

»Wir sind arme Leute in dieser Gegend,« antwortete ich. »Hier würden Sie für einen reichen Mann gelten.«

»Freilich,« sagte er, indem er seine schwarze Pfeife aus der Tasche zog und mit Tabak stopfte, »das hier sind einfache Leute mit einfachen Bedürfnissen. Aber ich weiß zu leben, und solange ich noch einen Schilling in der Tasche habe, will ich ihn ausgeben, wie ein Schilling ausgegeben werden muß. Doch da Sie gerade da vor mir stehen – was ich Sie fragen wollte: Haben Sie in dieser Gegend wohl etwas von einem gewissen Heatherstone gehört, der früher Oberst des 21. Bengalischen Regiments war? Ich hörte in Wigtown, daß er irgendwo hier in der Nähe wohnt.«

»Er wohnt in dem großen Hause dort drüben!« sagte ich, nach dem Turm von Cloomber deutend. »Sie werden das Tor nicht weit von hier finden, aber der General hat Besucher nicht gern.«

Der letzte Teil meiner Rede war in den Wind gesprochen, denn sowie ich ihm nur das Tor gezeigt hatte, stiefelte Korporal Rufus Smith auch schon darauf los. Sein Gang war der wunderlichste, den ich je gesehen habe. Mit seinem rechten Fuße berührte er nur einmal in sechs Schritten den Boden, während er sein linkes Bein mit solcher Energie und solchem Schwunge gebrauchte, daß er mit staunenerregender Schnelligkeit vorwärts kam. Ich war so überrascht, daß ich mit offenem Munde auf dem Wege stand und seiner klotzigen Gestalt nachsah, bis mir plötzlich einfiel, daß ein Zusammentreffen zwischen diesem kurz angebundenen Manne und dem cholerischen, hitzköpfigen General ernsthafte Folgen haben könnte. Ich folgte ihm deshalb, als er wie ein großer, unbeholfener Vogel dahinhüpfte, und holte ihn beim Torwege ein, wo er durch das Gitterwerk den dunklen Fahrweg entlang spähte.

»Er ist doch ein schlauer aller Fuchs!« sagte er, sich nach mir umsehend und nach dem Schloß hinnickend. »Und das ist sein Bungalow da zwischen den Bäumen, nicht wahr?«

»Das ist sein Haus, ja!« antwortete ich. »Aber ich würde Ihnen raten, etwas höflicher zu sein, falls Sie beabsichtigen, den General zu sprechen. Er ist nicht der Mann, der sich viel bieten läßt.«

»Da haben Sie recht. Er war immer eine harte Nuß. Aber kommt er da nicht eben selbst die Allee entlang?«

Ich guckte durch die Gittertür und sah, daß es wirklich der General war, der auf uns zueilte. Er hatte uns entweder gesehen oder er hatte unsere Stimmen gehört. Als er herankam, blieb er von Zeit zu Zeit stehen und beobachtete uns durch den dunklen Schatten der Bäume hindurch, als ob er nicht wüßte, ob er kommen sollte oder nicht.

»Er mustert das Terrain!« flüsterte mein Begleiter, heiser lachend. »Er ist bange, und ich weiß weshalb. Er will sich nicht wie eine Maus in der Falle fangen lassen, solange er es vermeiden kann, der alte Fuchs!«

Dann sich plötzlich auf die Zehen stellend, streckte er die Hand durch das Gitter und fuchtelte damit hin und her.

»Hierher, mein tapferer Kommandant!« schrie er dabei aus vollem Halse. »Hierher! – Die Küste ist klar und kein Feind in Sicht!«

Dieser wohlbekannte Anruf beruhigte den General, denn er kam stracks auf uns zu, obgleich ich an seiner hochroten Gesichtsfarbe sehen konnte, daß es gewaltig in ihm kochte.

»Was, Sie hier, Herr West?« sagte er, als sein Blick auf mich fiel. »Was wünschen Sie, und wozu haben Sie diesen Kerl mitgebracht?«

»Ich habe ihn nicht mitgebracht,« antwortete ich etwas verstimmt, da er mich für die Anwesenheit des abgerissenen Landstreichers verantwortlich zu machen schien. »Ich fand ihn auf der Landstraße dort, und da er wissen wollte, wo Sie wohnen, zeigte ich ihm den Weg. Ich weiß nichts von ihm.«

»Nun, was wünschen Sie von mir?« fragte der General finster meinen Begleiter.

»Bitte, mein Herr,« sagte der ehemalige Korporal mit weinerlicher Stimme, und die Unterwürfigkeit, mit der er seine Pelzmütze berührte, stand in merkwürdigem Kontrast zu seiner vorherigen Unverschämtheit. »Bitte, mein Herr, ich bin ein alter Artillerist im Dienste der Königin, und da ich Ihren Namen von Ostindien her kenne, dachte ich, daß Sie mich vielleicht als Stallknecht oder Gärtner oder sonstwie unterbringen könnten.«

»Es tut mir leid, daß ich nichts für Sie tun kann!« antwortete der alte Soldat kalt.

»Dann geben Sie nur doch eine Kleinigkeit, um mir weiter zu helfen, mein Herr,« bat der Landstreicher. »Sie werden doch einen alten Kameraden wegen ein paar Rupien nicht verkommen lassen.

Ich war mit der Saleschen Brigade in den Pässen, mein Herr, und auch bei der zweiten Einnahme von Kabul.«

General Heatherstone blickte den Bettler scharf an, sagte aber nichts.

»Ich war in Ghuznee, als durch das Erdbeben die Wände zusammenfielen und wir viertausend Afghanen keinen Büchsenschuß weit von uns fanden. Fragen Sie mich nur aus, und Sie werden sehen, ob ich lüge oder nicht. Als wir jung waren, haben wir dies alles zusammen durchgemacht, und jetzt wohnen Sie in einem schönen Bungalow, und ich soll in meinen alten Tagen auf der Landstraße sterben. Ist das billig?«

»Sie sind ein unverschämter Halunke!« sagte der General. »Wären Sie ein guter Soldat gewesen, so brauchten Sie jetzt nicht zu betteln. Keinen Pfennig bekommen Sie!«

»Halt, noch ein Wort, mein Herr!« rief der Vagabund, als der andere sich schon abwandte. »Ich war mit im Terada-Paß!«

Der General fuhr herum, als ob die Worte ein Pistolenschuß gewesen wären.

»Was – was sagen Sie?« stammelte er.

»Ich bin mit im Terada-Paß gewesen, mein Herr, und ich habe dort einen Mann mit Namen Ghoolab Shah gekannt!« Diese letzten Worte zischte er mit gedämpfter Stimme, und ein höhnisches Grinsen breitete sich über sein Gesicht aus.

Die Wirkung dieser Worte auf den General war eine ganz außerordentliche. Er stolperte vom Gitter zurück. Sein gelbes Gesicht färbte sich aschgrau. Eine Zeitlang war er zu aufgeregt, um zu sprechen. Endlich stieß er hervor: »Ghoolab Shah! ... Wer sind Sie, daß Sie Ghoolab Shah kennen?«

»Sehen Sie mich doch einmal genauer an!« antwortete der Landstreicher. »Ihre Augen sind nicht mehr so scharf, wie vor vierzig Jahren!«

Der General warf einen langen prüfenden Blick auf den ungewaschenen Wanderer vor ihm.

»Gott sei bei uns!« rief er dann. »Das ist ja Korporal Rufus Smith!«

»Endlich haben Sie es erraten!« sagte der andere, vor sich hin lachend. »Das hat lange gedauert, bis Sie mich erkannten. Vor allen Dingen schließen Sie jetzt einmal das Tor auf. Ich mag mich nicht gern durch ein Gitter hindurch unterhalten. Es erinnert mich immer zu sehr an die Zehnminutenbesuche im Zellengefängnis!«

Der General, aus dessen Antlitz noch die Spuren seiner Aufregung deutlich sichtbar waren, schob die Riegel mit seinen nervösen, zitternden Fingern zurück. Es kam mir vor, als ob ihm bei seinem Zusammentreffen mit Korporal Rufus Smith ein Stein vom Herzen gefallen sei, und doch zeigte sein Benehmen, daß er dessen Anwesenheit durchaus nicht mit ungemischten Gefühlen betrachtete.

»Ich habe mich oft gefragt, Korporal,« sagte er, während er das Tor öffnete, »ob Sie tot oder lebendig seien. Ich habe gar nicht mehr gehofft, Sie noch einmal wiederzusehen. Wie ist's Ihnen denn in all diesen Jahren ergangen?«

»Wie's mir ergangen ist?« antwortete der Korporal grob. »Meistenteils bin ich besoffen gewesen. Sowie ich meine Pension erhalte, lege ich das Geld in Schnaps an, und so lange wie der aushält, habe ich etwas Ruhe. Wenn's alle ist, verlege ich mich aufs Fechten; teilweise um Geld zum Saufen zu erbetteln, teilweise – um Sie zu suchen.«

»Sie werden entschuldigen, daß wir uns über Privatangelegenheiten unterhalten, West,« sagte der General, sich nach mir umsehend, denn ich wollte gerade fortgehen. »Verweilen Sie noch ein wenig. Sie wissen sowieso schon etwas von dieser Geschichte, und es ist sehr gut möglich, daß Sie sich eines Tages mit uns in einem Netze befinden.«

Korporal Rufus Smith starrte mich mit offenem Munde an.

»Nanu?« sagte er. »Wie kommt denn der dazu?«

»Freiwillig, ganz freiwillig!« erklärte der General eilig, mit halblauter Stimme. »Er ist ein Nachbar von mir und hat sich erboten, uns zu helfen, wenn es nötig sein sollte.«

Diese Erklärung schien die Überraschung des herkulischen Korporals noch zu vergrößern.

»Soll mich doch der – –!« rief er bewundernd aus. »Wer hat je so was gehört!«

»Und da Sie mich jetzt gefunden haben, Korporal Smith,« sagte der General, »was wünschen Sie von mir?«

»Alles und jedes: ein Dach über meinem Haupte, Kleidung und Essen und vor allen Dingen Schnaps!«

»Ich werde Sie beherbergen,« sagte der General langsam, »und tun, was in meinen Kräften steht. Aber Disziplin muß sein, Smith, ohne das geht's nicht. Ich bin der General und Sie der Korporal;

ich befehle, und Sie gehorchen. Lassen Sie sich das nicht zweimal sagen!«

Der Landstreicher richtete sich stramm in die Höhe und grüßte militärisch.

»Ich kann Sie als Gärtner annehmen und den Kerl, den ich jetzt habe, loswerden. Was Schnaps anbelangt, so werden Sie ein bestimmtes Quantum erhalten und nicht mehr. Wir sind hier keine starken Trinker im Schlosse.«

»Nehmen Sie selbst denn kein Opium oder sonst etwas?« fragte der Korporal.

»Nie!« sagte der General entschieden.

»Dann haben Sie mehr Courage, als ich jemals haben werde, das steht fest. Kein Wunder, daß Sie das Ehrenkreuz im Aufstande gewonnen haben. Wenn ich jede Nacht diese Spukereien anhören sollte, ohne dann und wann einen Tropfen zur Stärkung zu nehmen – wahnsinnig würde ich, verrückt!«

General Heatherstone legte einen Finger auf den Mund, als ob er fürchtete, daß sein Kamerad zu viel sagen würde.

»Ich bin Ihnen sehr verbunden, Herr West,« sagte er, »dafür, daß Sie den Mann hierher begleitet haben. Ich würde nie einen alten Kameraden verkommen lassen, und wenn ich seinen Bitten nicht eher entsprach, so war es nur, weil ich die Wahrheit seiner Aussagen bezweifelte. Gehen Sie nur nach dem Schlosse hinauf, Korporal, ich werde Ihnen gleich folgen. – Armer Teufel!« fuhr er fort, als er den alten Soldaten in der vorhin erwähnten Weise die Allee entlang stolpern sah. »Er ist von einem Vierundsechzigpfünder am Fuß getroffen worden und die Knochen sind zermalmt; aber der eigensinnige Schafskopf wollte den Ärzten nicht erlauben, ihn zu amputieren. Ich erinnere mich seiner jetzt als eines schneidigen jungen Soldaten in Afghanistan. Wir haben zusammen ganz seltsame Abenteuer durchgemacht, von denen ich Ihnen später vielleicht einmal erzählen werde. Ich hege deshalb ein leicht erklärliches Wohlwollen für den Mann und hülfe ihm gern aus. Hat er Ihnen irgend etwas über mich erzählt, ehe ich kam?«

Angsthafte Spannung lag in der Frage.

»Kein Wort!« erwiderte ich.

»O,« meinte der General nachlässig, aber mit einer deutlichen Gebärde der Erleichterung, »ich glaubte, er hätte am Ende von den guten alten Zeiten geplaudert. Ich muß jetzt aber fort und mich nach ihm umsehen, sonst werden mir die Bedienten bange. Eine Schönheit ist er gerade nicht. Gott befohlen!«

Der alte Mann winkte mir zu, wandte sich dann ab und eilte den Fahrweg hinaus, dem unerwarteten Ankömmlinge nach, während ich um das hohe, schwarze Lattenwerk herumspazierte und durch jede Spalte hindurchlugte, ohne aber eine Spur von Mordaunt oder von seiner Schwester entdecken zu können.

War Cloomber-Hall ihnen ein Kerker geworden? Was konnte das alles nur zu bedeuten haben? Was sogar die Kinder zu Gefangenen in ihres eigenen Vaters Hause machte, was konnte das nur für ein Geheimnis sein, was für ein schier unfaßliches, unenträtselbares Geheimnis?

# ACHTES KAPITEL.

Bevor ich meine Erzählung fortsetze, halte ich den geeigneten Augenblick für gekommen, vorerst denen das Wort zu lassen, die Augenzeugen der Vorgänge innerhalb des Schlosses waren, während meine Beobachtungen notwendigerweise auf solche außerhalb desselben beschränkt blieben.

Israel Stakes, der Kutscher, konnte weder lesen noch schreiben. Herr Mathew Clark, presbyterianischer Pastor in Stoneykirk, hat sich deshalb der Mühe unterzogen, des erstgenannten Aussage niederzuschreiben, und ist dieselbe durch dessen Kreuz in aller Form beglaubigt. Der gute Pastor hat augenscheinlich des Erzählers Worte ein wenig zurechtgestutzt, aber trotzdem kommt Israels Individualität noch genügend darin zum Vorschein, und das Schriftstück kann als ein genauer Bericht betrachtet werden, von allem, was er gehört und gesehen hat, während er in General Heatherstones Diensten war.

Aussage des Israel Stakes, kopiert und beglaubigt durch Rev. Mathew Clark, presbyterianischer Pastor zu Stoneykirk in Wigtownshire.

Herr Fothergill West und der Pastor sagen, ich soll soviel wie möglich von General Heatherstone und seinem Hause, aber desto weniger von mir selbst erzählen, da den Lesern an meinen Privatangelegenheiten nichts gelegen ist. Das möchte ich nun freilich bezweifeln, denn die Stakes sind in der ganzen Gegend wohlbekannt und geachtet, und es gibt gewiß manche Leute in Nithdale und Amondale, die gern von dem Sohne Archie Stakes aus Ecclefechan hören würden. Aber ich werde Herrn Wests wegen tun, wie mir gesagt wurde, und hoffe, daß er mich nicht vergessen wird, wenn ich ihn einmal um eine Gefälligkeit zu bitten habe.

Schreiben kann ich nicht, denn mein Vater gebrauchte mich als Vogelscheuche, anstatt mich zur Schule zu schicken; er hat mich aber in dem Glauben und den Grundsätzen der heiligen Kirche gut erzogen. Gott sei gelobt und gebenedeit!

Letzten Mai vorm Jahr war es, da hielt mich der Agent Herr Mc. Neil auf der Straße an und fragte mich, ob ich eine Stelle als Kutscher oder Gärtner suchte. Zufällig sah ich mich zu der Zeit gerade nach solch einer Stelle um, ließ mir's aber nicht merken.

»Sie können sie annehmen oder es bleiben lassen,« sagte er spitz. »Es ist eine gute Stelle, und mancher würde mit beiden Händen danach greifen. Falls Sie sie annehmen wollen, kommen Sie morgen um zwei Uhr nach meinem Bureau, da können Sie den Herrn selbst sprechen.«

Mehr konnte ich nicht aus ihm herauskriegen, denn er ist ein schlauer Fuchs und hat es hinter den Ohren. Aber es wird ihm wenig nützen im nächsten Leben, wenn er sich auch einen Haufen Silber in diesem zusammenscharrt. Am Jüngsten Tage wird eine ganze Schar von Agenten zur Linken des Thrones stehen, und es sollte mich gar nicht wundern, wenn Herr Mc. Neil mit darunter wäre.

Am nächsten Tage kam ich also auf sein Bureau und fand dort den Agenten und einen langen, dürren Mann mit grauem Haar und einem Gesicht, so braun und runzlig wie eine Walnuß. Der guckte mir scharf ins Gesicht mit einem Paar Augen, die glühten wie feurige Kohlen, und fragte: »Sie sind hier im Lande geboren?«

»Freilich,« sagte ich, »und bin auch nie außer Landes gewesen.«

»Nie aus Schottland herausgekommen?« fragte er.

»Zweimal zur Carlisle-Kirmes,« sagte ich, denn ich bin ein wahrheitsliebender Mann, und außerdem wußte der Agent davon, denn ich erhandelte zwei Stiere und eine Kuh für ihn, die er für den Drumclougher Hof haben wollte.

»Ich höre von Herrn Mc. Neil,« sagte der General, denn er war es und kein anderer, »daß Sie nicht schreiben können.«

»Nein!« antwortete ich.

»Auch nicht lesen?« fragte er.

»Nein!« sagte ich wieder.

»Es scheint mir,« meinte er, sich zu dem Agenten wendend, »daß dies ein Mann ist, wie ich ihn suche. Bediente werden heutzutage durch zuviel Bildung verdorben. Ich zweifle nicht, Stakes, daß Sie mir zusagen werden. Sie werden drei Pfund den Monat und freie Station haben; aber ich behalte mir das Recht vor, Ihnen jederzeit binnen vierundzwanzig Stunden zu kündigen. Wie gefällt Ihnen das?«

»Es ist nicht so, wie in meiner letzten Stelle,« sagte ich mürrisch. »Und das ist die Wahrheit, denn der alte Scott gab mir nur ein Pfund den Monat und zweimal täglich Hafergrütze.«

»Nun,« sagte er, »vielleicht geben wir Ihnen eine Aufbesserung, wenn Sie sich gut anlassen. Inzwischen ist hier das Aufgeld, das man hier gewöhnlich gibt, wie Herr Mc. Neil sagt. Ich werde Sie Montag in Cloomber erwarten.«

Am Montag ging ich denn auch nach Cloomber hinüber. Ein großmächtiges Haus ist es, mit hundert Fenstern oder mehr, und mit Platz genug, um die halbe Gemeinde darin zu verstecken. Was die Gärtnerei anbelangt, so war kein Garten da, den ich hätte besorgen können, und das Pferd kam von Anfang bis Ende der Woche nicht aus seinem Stalle heraus. Trotzdem hatte ich genug zu tun, denn es war ein langer Zaun zu errichten und dergleichen mehr, und Messer und Stiefel zu putzen und ähnliche Arbeit, die sich eher für ein altes Weib als für einen erwachsenen Mann schickt. Die Dienerschaft bestand außer mir noch aus zwei Mädchen, der Köchin Eliza und der Hausmagd Mary, beides beschränkte Geschöpfe, die wenig von der Welt wußten und mit denen ich mich gar nicht abgab, weil sie mir viel zu einfältig waren.

Die Familie zählte vier Glieder, den General, die gnädige Frau, Herrn Mordaunt und Fräulein Gabriele, und es dauerte nicht lange, bis ich merkte, daß nicht alles war, wie es sein sollte. Die gnädige Frau war mager und bleich wie ein Gespenst, und oft habe ich sie überrascht, wie sie im stillen jammerte und stöhnte. Ich habe sie im Gehölz auf und ab laufen sehen, wenn sie sich unbeobachtet glaubte, ihre Hände ringend wie eine Wahnsinnige. Und dann auch der junge Herr und seine Schwester – beide schienen Kummer auf dem Herzen zu haben, und der General am meisten von allen, denn die anderen waren einen Tag niedergeschlagen und am nächsten Tage wieder besser; aber er war immer derselbe und sein Gesicht wie das eines Verbrechers, wenn er die Schlinge am Halse fühlt. Ich fragte die Mädchen in der Küche, ob sie etwas von der Familie wüßten, aber die Köchin antwortete mir, daß sie sich nicht in die Angelegenheiten ihrer Gebieter mischten und sich um nichts kümmerten, solange sie Arbeit und ihren Lohn erhielten. Sie waren eben beide arme, vernachlässigte Geschöpfe, die einem kaum eine Antwort auf eine höfliche Frage geben konnten, obwohl sie laut genug zu gackeln verstanden, wenn sie es wollten.

Aus den Wochen wurden Monate, und es wurde schlimmer anstatt besser auf dem Schlosse. Der General wurde mit jedem Tage nervöser und seine Gemahlin melancholischer. Trotzdem hatten sie keinen Streit unter sich; denn oft, wenn sie zusammen im Frühstückszimmer waren, ging ich herum, um den Rosenstock am Fenster zu beschneiden, so daß ich, obwohl widerwillig, nicht umhin konnte, einen großen Teil der Unterhaltung anzuhören. Wenn die jungen Herrschaften bei ihnen waren, sprachen sie nur wenig, aber sobald sie fort waren, so pflegten sie zu sprechen, als ob irgendeine furchtbare Heimsuchung ihnen bevorstände, obwohl es mir nicht klar war, was sie eigentlich meinten. Ich hörte den General mehr als einmal sagen, daß er sich vor dem Tode nicht fürchte, auch nicht vor irgendeiner anderen Gefahr, der er nur die Stirn bieten könne, aber das lange Warten und die entsetzliche Ungewißheit hätten ihn aller Kraft beraubt. Dann tröstete ihn die gnädige Frau und sagte, daß es am Ende doch nicht so schlimm wäre wie er dächte, daß sich schließlich schon alles aufklären würde. Aber ihre aufmunternden Worte waren in den Wind gesprochen. Was die jungen Herrschaften anbelangt, wußte ich wohl, daß sie nicht im Parke blieben, sondern, wenn es nur irgend anging, bei Herrn Fothergild West in Branksome waren. Aber der General war zu sehr in Anspruch genommen von seinen eigenen Sorgen, um es zu bemerken, und ich hielt es nicht gerade für meine Pflicht als Kutscher oder Gärtner, die beiden zu hüten. Der General hätte wissen sollen, daß es junge Leute zum Ungehorsam aufreizen heißt, wenn man ihnen etwas verbietet. Hatte er das indes noch nicht gewußt, so sollte er es jetzt erfahren.

Was die Gewohnheiten der Herrschaften betraf, so teilte der General sein Schlafgemach nicht mit seiner Frau, sondern er bewohnte ein Zimmer für sich allein, so weit wie möglich von anderen entfernt. Dieses Zimmer war immer verschlossen, wenn er nicht darinnen war, und es war niemandem erlaubt, es zu betreten. Er machte sein Bett, reinigte und stäubte das Zimmer selbst und erlaubte niemand von uns, auch nur den dorthin führenden Korridor zu betreten. Nachts ging er im Hause herum und hatte brennende Lampen in jedem Zimmer und in jeder Ecke stehen, so daß in dem ganzen Gebäude kein Platz dunkel war. Oft habe ich in meinem Dachstübchen seinen Schritten gelauscht; hin und her, treppauf, treppab, von Mitternacht bis zum ersten Hahnenschrei. Es war ein mühseliges Stück Arbeit dazuliegen und sein Geklapper anzuhören, ohne aufstehen zu dürfen, und ich fragte mich, ob er denn wohl verrückt wäre, oder ob er vielleicht heidnische und götzendienerische Künste in Ostindien gelernt hätte und sein Gewissen jetzt wie der Wurm wäre, der nagt und nimmer stirbt. Ich hätte ihn gern gefragt, ob es ihm Erleichterung verschaffen würde, mit dem gottseligen Donald Mc. Snaw zu sprechen; aber das hätte ein Fehlgriff sein können, und der General war kein Mann, bei dem man dergleichen ungestraft gemacht hätte.

Eines Tages war ich gerade mit dem Rasen beschäftigt, als er auf einmal auf mich zukam und sagte: »Haben Sie jemals Gelegenheit gehabt, mit der Pistole zu schießen?«

»Um Gottes willen,« rief ich, »ich habe nie eine in Händen gehabt!«

»Dann ist's besser, wenn Sie auch jetzt nicht damit anfangen,« entgegnete er. »Jedem Manne seine Waffe! Aber mit einem guten Eschenknüppel wissen Sie umzugehen, was?«

»Na, und ob,« antwortete ich lustig, »so gut, wie irgend jemand hier in der Gegend!«

»Dies hier ist ein einsames Haus,« erklärte er, »und wir könnten möglicherweise einmal durch Spitzbuben belästigt werden. Es ist darum am besten, wenn man auf alles mögliche gefaßt ist. Ich und Sie und mein Sohn Mordaunt und Herr Fothergill West, der auch kommen würde, wenn nötig, könnten dem Feinde schon unsere Zähne zeigen – was meinen Sie?«

»Na,« sagte ich, »hochzeiten ist besser als keilen – aber wenn Sie mir ein Pfund monatlich mehr geben wollen, will ich meine Schuldigkeit in beidem tun.«

»Darüber wollen wir nicht streiten,« antwortete er, und bewilligte mir die extra zwölf Pfund das Jahr, als wären es ebensoviel Pence. Fern sei es von mir, übel von ihm zu denken, aber ich konnte nicht umhin, zu glauben, daß Geld, das so leicht ausgegeben ward, am Ende nicht ehrlich erworben worden wäre.

Ich bin von Natur nicht neugierig, aber ich zerbrach mir jetzt doch noch mehr den Kopf, weshalb der General des Nachts im Hause umher lief und nicht schlafen konnte. Eines Tages nun, als ich den Korridor fegte, fiel mein Blick auf einen mächtigen Haufen von Vorhängen, Teppichen und dergleichen, die in einer Ecke, nicht weit von der Tür zum Zimmer des Generals, aufgehäuft lagen. Plötzlich schoß mir ein Gedanke durch den Kopf, und ich sagte zu mir selbst: Israel, mein Junge, weshalb verkriechst du dich heute abend nicht dahinter und belauschst den Alten, wenn er glaubt, daß kein Menschenauge ihn steht?

Je mehr ich darüber nachdachte, desto einfacher erschien es mir, und ich beschloß, den Plan sofort auszuführen. Als es dunkel geworden war, sagte ich zu den Frauenzimmern, daß ich Zahnschmerzen hätte und früh auf meine Kammer gehen würde.

Ich wußte ganz genau, daß mich kaum jemand stören würde, wenn ich erst einmal dort wäre. Ich wartete eine Zeitlang, und dann, als alles ruhig war, zog ich meine Stiefel aus und lief durch das weite Haus, bis ich nach dem Teppichhaufen kam. Dort legte ich mich nieder, mit einem Auge durch eine Spalte lugend, sonst überall mit großen Teppichen verhüllt. Ich lag so still wie 'ne Ratte, bis der General vorbeikam, um sich zur Ruhe zu legen, und dann auch im Hause alles still wurde.

Für alles Silber in der Unionbank in Dumfries würde ich das nicht noch einmal durchmachen! Ich kann jetzt noch nicht daran denken, ohne daß mich eine Gänsehaut überläuft. Es war einfach schauerlich in der Grabesstille, die nur durch das feierliche Ticktack einer Standuhr in einem der Korridore unterbrochen wurde. Erst spähte ich nach der einen, dann nach der anderen Seite, und immer war es mir, als ob sich etwas von der entgegengesetzten Seite heranschliche. Kalter Schweiß stand mir auf der Stirn, und mein Herz schlug zweimal so schnell, als die Wanduhr tickte; aber was mich am meisten ängstigte, war der Staub von den Vorhängen und Teppichen, den ich einatmete, und der mich fortwährend zum Husten reizte.

Es erscheint mir als ein Wunder, daß mein Haar nicht ergraut ist von alledem, was ich durchgemacht habe. Ich würde es nicht zum zweitenmal tun, und wenn ich auch dafür zum Lord-Prevost von Glasgow ernannt würde.

Es mochte ungefähr zwei Uhr morgens oder vielleicht auch etwas später sein, und ich dachte gerade, daß ich nun schließlich doch nichts zu sehen bekommen würde – mir wär's auch recht gewesen – da hörte ich plötzlich durch die Totenstille einen klaren, hellen Ton.

Man hat mich schon oft gebeten, den Ton zu beschreiben, aber ich habe nie eine klare Beschreibung davon geben können – ich hatte nie in meinem Leben einen ähnlichen Laut gehört. Es war ein scharfes, klingendes Geräusch, fast wie das Klingen eines angestoßenen Weinglases, aber viel höher und schärfer, mit einem eigentümlichen Glucksen, als wenn ein Regentropfen in ein Wasserfaß fällt.

In meiner Angst saß ich da zwischen den Teppichen wie ein Hase zwischen Kohlblättern und sperrte Mund und Ohren auf. Alles war jetzt wieder still. Nur die Wanduhr tickte bedächtig weiter.

Plötzlich hörte ich den Ton zum zweitenmal, ebenso schrill und scharf, wie zuvor, und jetzt vernahm ihn auch der General, denn er stöhnte wie ein todmüder Mann, der aus dem Schlafe geweckt wird. Aber dennoch stand er sofort auf, kleidete sich an, wie ich an dem Rascheln der Kleider hören konnte, und fing an, im Zimmer auf und ab zu gehen. Schnell wie der Blitz warf ich mich zwischen die Teppiche zurück und versteckte mich wieder. Da lag ich nun, an allen Gliedern zitternd, und sagte alle Gebete her, deren ich mich erinnern konnte – mein Auge noch immer auf die Tür zum Zimmer des Generals gerichtet.

Kurze Zeit darauf hörte ich seine Hand am Drücker, und dann wurde die Tür langsam geöffnet. Ein Licht brannte im Zimmer, und ich konnte darin eine lange Reihe von Säbeln an der Wand hängen sehen; dann kam der General heraus und schloß die Tür sofort wieder hinter sich. Er hatte einen Schlafrock an und einen roten Fes auf dem Kopf und an den Füßen ein Paar Galoschen, von denen die Hacken abgeschnitten und die Spitzen umgebogen waren. Ich glaubte zuerst, daß er im Schlafe ginge, aber als er auf mich zukam, konnte ich den Widerschein des Lichtes in seinen Augen sehen; sein Gesicht zuckte, wie das eines Mannes in Todesangst. Es überläuft mich jetzt noch kalt, wenn ich daran denke, wie diese lange Gestalt mit dem gelben Gesicht so feierlich und still den langen, einsamen Flur entlang ging. Ich hielt meinen Atem an und beobachtete ihn genau, aber gerade als er an die Stelle kam, wo ich lag, stand mir das Herz still in der Brust, denn »ting« – laut und klar, keine drei Schritte von mir, ertönte das Geklingel wieder, das ich vorher gehört hatte. Woher es kam oder was die Ursache war, ist mehr als ich sagen kann. Vielleicht tat es der General selbst, aber ich wüßte nicht, wie, denn seine Hände hingen schlaff an beiden Seiten herunter, als er an mir vorbeiging. Es kam von der Richtung, ja, aber es schien mir, von oben, über seinem Kopfe her. Es war jedoch solch ein dünner, hoher, unheimlicher Ton, daß es nicht leicht zu sagen ist, woher er kam. Der General achtete nicht darauf, sondern ging weiter und war bald außer Sicht. Ich verlor keine Zeit, aus meinem Versteck hervorzubrechen und nach meiner Kammer zurückzueilen. Wenn alle Gespenster des Roten Meeres die ganze Nacht im Hause herumgespukt hätten, ich hätte meinen Kopf nicht hinausgesteckt, um sie zu sehen.

Ich sagte niemand ein Wort von dem, was ich gesehen hatte, aber ich war entschlossen, nicht länger in Cloomber-Hall zu bleiben. Vier Pfund monatlich ist ein guter Lohn, doch ist es nicht genug, um einen Menschen für den Verlust seines Seelenfriedens oder vielleicht gar seiner Seele zu entschädigen; denn wenn der Teufel umgeht, weiß niemand, was für Fallen er uns stellt, und obgleich die Vorsehung stärker sein soll, ist es doch besser, nichts zu riskieren. Es war offenbar, daß der General und sein Haus unter einem Fluche standen, und es war recht und billig, daß der Fluch auf die fiel, die ihn verdient hatten, aber nicht auf einen rechtschaffenen Presbyterianer, der immer den engen Pfad gegangen war. Mein Herz tat mir weh für das junge Fräulein Gabriele, aber trotzdem fühlte ich, daß es Pflicht gegen mich selbst war, daß ich fortging, wie Loth von den ruchlosen Städten auf der Ebene. Das schauerliche Geklingel tönte mir unablässig in den Ohren, und ich konnte es nicht aushalten, allein in den Korridoren zu sein, aus Angst, es wieder zu hören. Ich wünschte mir die Gelegenheit oder eine Entschuldigung, um dem General kündigen zu können und dorthin zurückzugehen, wo ich mit Christenleuten verkehren konnte und die Kirche keinen Steinwurf weit von mir wußte. Aber der General kam mir zuvor.

Es war gegen Ende September, und ich kam gerade aus dem Stalle, wo ich dem Pferde seinen Hafer gegeben hatte; ich sah einen großmächtigen Kerl den Fahrweg heraufhumpeln auf einem Beine, mehr wie eine ungeheure häßliche Krähe als wie ein Mann. Als mein Auge auf ihn fiel, dachte ich, daß es vielleicht einer von den Halunken sei, von denen mein Herr gesprochen hatte, und so holte ich, ohne viele Umstände zu machen, meinen Knüppel herbei, um ihn an dem Kopfe des Kerls zu probieren.

Er sah mich kommen und las vielleicht meine Absicht in meinen Augen oder an dem Knüppel in meiner Hand. Mit einem schrecklichen Fluch riß er ein langes Messer aus seiner Tasche und schwor, mich umbringen zu wollen, wenn ich mich von der Stelle rührte!

Herr Gott! Die Worte, die der Schuft in den Mund nahm, waren genug, um einem die Haare zu Berge zu treiben. Es wundert mich nur, daß er nicht vom Blitze erschlagen wurde, wie er so dastand.

Wir standen uns noch gegenüber – er mit seinem Messer und ich mit dem Knüppel – als der General den Fahrweg heraufkam und uns fand.

Zu meiner Überraschung fing er an, mit dem Fremden zu sprechen, als ob er ihn sein ganzes Leben lang gekannt hätte.

»Stecken Sie Ihr Messer ein, Korporal!« sagte er. »Ihre Angst hat Ihnen das Gehirn verwirrt.«

»Blut und Wunden!« sagte der andere. »Der Kerl würde es mir mit seinem Knüppel zerschlagen haben, wenn ich nicht mein Messer gezogen hätte. Sie sollten sich einen alten Wilden nicht auf Ihrem Hofe halten!«

Der Herr runzelte die Stirn und warf ihm einen finsteren Blick zu, als ob ihm Ratschläge aus solcher Quelle nicht behagten. Dann wandte er sich mir zu.

»Ich werde Ihrer Dienste von heute an nicht mehr bedürfen, Israel,« sagte er. »Sie sind ein guter Diener gewesen, und ich habe mich über nichts zu beklagen; aber ich muß unvermeidlicher Umstände halber einige Änderungen meiner Arrangements treffen.«

»Sehr gut, mein Herr,« entgegnete ich.

»Sie können heute abend schon gehen,« sprach er weiter, »und Sie werden einen Monat Lohn extra erhalten für diese plötzliche Kündigung!«

Damit ging er ins Haus, gefolgt von dem sogenannten Korporal; und von dem Tage an bis heute habe ich keinen von beiden wiedergesehen. Mein Geld wurde mir in einem Kuvert heraufgeschickt, und, nachdem ich noch einige Worte betreffs des göttlichen Zornes und des Schatzes, der mehr wert ist als Rubinen, zu der Köchin und der Hausmagd gesagt hatte, schüttelte ich den Staub von Cloomber auf ewig von meinen Füßen.

Herr Fothergill West sagt, daß ich meine Meinung über die nachfolgenden Ereignisse nicht äußern, sondern mich auf das, was ich selbst gesehen habe, beschränken soll. Zweifelsohne hat er seine Gründe dafür – und fern sei es mir, zu sagen, daß diese Gründe keine guten seien – aber ich muß doch gestehen, daß das, was nachher geschah, mich nicht überraschte. Es kam genau so, wie ich es erwartet hatte, und so sagte ich auch zu Herrn Donald Mc. Snaw. Ich habe jetzt alles berichtet und kein Wort hinzuzufügen oder zurückzuziehen. Ich bin dem Herrn Mathew Clark für seine Freundlichkeit, es für mich niederzuschreiben, sehr verbunden, und sollte irgend jemand sonst noch etwas zu fragen haben, so bin ich in Ecclefechan gut bekannt, und Herr Mc. Neil, der Agent in Wigtown, kann sagen, wo ich zu finden bin.

Ich bezweifle, daß der brave Israel Stakes das, was kommen sollte, vorauszusehen imstande war. Aber in einem sollte er recht behalten. Die Ankunft des Korporals Rufus Smith sollte der Anfang vom Ende sein – die Katastrophe.

## NEUNTES KAPITEL.

Nachdem ich die Aussage des Israel Stakes vollständig wiedergegeben habe, werde ich jetzt ein kurzes Memorandum Dr. Easterlings, des praktischen Arztes in Stanvaer, beifügen. Der Arzt war freilich nur einmal in Cloomber, während General Heatherstone dort wohnte, aber sein Besuch fand unter eigentümlichen Umständen statt, die eine Art Supplement zu den oben erzählten Vorgängen bilden. Dr. Easterling hat, trotz seiner anstrengenden Praxis, die Zeit gefunden, seine Erinnerungen niederzuschreiben, und es wird daher das beste sein, dieselben hier, wie sie sind, folgen zu lassen.

Es gereicht mir zum größten Vergnügen, Herrn Fothergill West einen Bericht über meinen einzigen Besuch in Cloomber-Hall zu geben, schon der Hochachtung wegen, die ich für ihn seit seiner Anwesenheit in Branksome gefühlt habe. Dann sind aber auch die Tatsachen in diesem Falle so eigentümlicher Natur, daß es von der höchsten Wichtigkeit ist, sie in glaubwürdiger Form bekannt zu machen.

Anfang September des vorhergehenden Jahres empfing ich eine Karte von Frau Heatherstone in Cloomber-Hall, in welcher sie mich bat, ihrem Mann einen ärztlichen Besuch zu machen, da seine Gesundheit seit einiger Zeit nichts weniger als zufriedenstellend wäre. Ich hatte schon von den Heatherstones gehört, auch von der seltsamen Abgeschlossenheit, in der sie lebten, so daß ich über die Gelegenheit, ihre nähere Bekanntschaft zu machen, sehr erfreut war und keine Zeit verlor, ihrer Aufforderung Folge zu leisten. Ich hatte das Schloß zur Zeit des ursprünglichen Eigentümers, Herrn Mc. Vitties, gekannt und war über die vorgenommenen Änderungen erstaunt, als ich am Tor anlangte.

Das Tor selbst, das früher so gastfreundlich auf die Straße hinaus gähnte, war verschlossen und verriegelt, und eine hohe, hölzerne, mit Nägeln besetzte Planke umgab das ganze Grundstück. Der Fahrweg selbst war blätterbestreut, und der ganze Platz hatte ein bedrückendes Aussehen von Vernachlässigung und Verwahrlosung.

Ich mußte wiederholt klopfen, ehe eine Magd mir öffnete und mich zum Hause und dann durch einen düstern Korridor nach einem kleinen Zimmer geleitete, in welchem eine ältliche, vergrämte Dame saß, die sich mir als Frau Heatherstone vorstellte. Ihr bleiches Gesicht und das graue Haar, ihre traurigen, glanzlosen Augen und ihr abgetragenes, seidenes Kleid waren in vollkommener Übereinstimmung mit ihrer schwermütigen Umgebung.

»Sie finden uns in großer Sorge, Herr Doktor,« sagte sie mit ihrer ruhigen, vornehmen Stimme. »Mein armer Mann hat in früherer Zeit viel Aufregendes durchzumachen gehabt, und sein Nervensystem ist schon seit längerer Zeit sehr geschwächt gewesen. Als wir hierher kamen, hofften wir, daß die stählende Luft und die Ruhe eine gute Wirkung haben würden. Anstatt sich aber zu erholen, wird er scheinbar immer schwächer, und seit heute morgen hat er starkes Fieber und ist zum Phantasieren geneigt. Die Kinder und ich waren so geängstigt, daß wir sofort zu Ihnen geschickt haben. Wenn Sie mir folgen wollen, werde ich Sie nach dem Schlafzimmer des Generals führen.«

Sie ging voran, eine Reihe von Korridoren entlang, bis sie nach dem Krankenzimmer kam, das im äußersten Flügel des Gebäudes gelegen war. Es war ein kahles Zimmer, ohne Teppich, und nur mit einem Feldbett, einem Stuhl und einem einfachen Eichentisch möbliert, auf dem zahlreiche Papiere umhergestreut lagen. In der Mitte des Tisches stand ein großer, regelmäßig geformter Gegenstand, der mit einem Leinentuche zugedeckt war. An den Wänden und in den Ecken war eine gewählte und reiche Sammlung von Waffen, hauptsächlich Schwertern, arrangiert, unter denen sich einige gerade Degen befanden, wie sie gewöhnlich in der britischen Armee gebraucht werden, während die übrigen Produkte orientalischer Kunstfertigkeit waren. Viele von diesen waren mit ziselierten Scheiden und edelsteinfunkelnden Griffen prächtig montiert, so daß ein merkwürdiger Gegensatz zwischen der Einfachheit des Gemaches und dem Reichtum bestand, der an den Wänden glänzte. Ich hatte jedoch wenig Zeit, mir die Sammlung des Generals anzusetzen, da er selbst auf seinem Bette lag und augenscheinlich meiner Dienste bedurfte.

Er lag mit abgewandtem Gesicht, schwer atmend und offenbar nichts von unserer Anwesenheit ahnend da. Seine glänzenden, stierenden Augen und die hektische Röte auf seinen Wangen zeigten, daß das Fieber seinen Höhepunkt erreicht hatte. Ich trat an die Bettstätte heran und fühlte, mich über ihn beugend, seinen Puls, als er plötzlich emporschnellte und wie von Sinnen mit geballten Fäusten nach mir schlug. Ich habe nie einen ähnlichen Ausdruck wahnsinniger Furcht und Angst auf einem Menschenantlitz gesehen.

»Bluthund!« kreischte er. »Lassen Sie mich los, hören Sie? In es nicht genug, daß mein Leben ruiniert ist? Wann wird das alles enden? Wie lange soll ich es noch aushalten?«

»Pst, pst, mein Lieber,« sagte seine Frau beschwichtigend und streichelte seine erhitzte Stirn mit ihrer kühlen Hand. »Das ist Dr. Easterling aus Stanvaer. Er ist nicht gekommen, dir etwas zuleide zu tun, sondern um dir zu helfen!«

Der General fiel matt auf seine Kissen zurück, und ich konnte aus dem veränderten Ausdruck in seinem Gesicht sehen, daß das Delirium ihn verlassen hatte, und daß er verstand, was man zu ihm sagte. Ich steckte mein Thermometer in seine Achselhöhle und zählte seinen Puls. Es waren bis 120 Schläge in der Minute, und seine Temperatur betrug vierzig Grad. Es war offenbar ein Fall von Wechselfieber, wie es bei Leuten vorkommt, die einen großen Teil ihres Lebens in den Tropen zugebracht haben.

»Es ist keine Gefahr vorhanden,« bemerkte ich. »Mit ein wenig Chinin und Arsenik werden wir sehr bald den Anfall überwinden und seine Gesundheit wiederherstellen.«

»Keine Gefahr, he?« sagte er. »Für mich gibt es überhaupt keine Gefahr. Ich bin so schwer umzubringen wie der ewige Jude. Ich bin jetzt ganz klar im Kopfe, Mary. Du kannst mich mit dem Herrn Doktor allein lassen.«

Frau Heatherstone verließ das Zimmer – sehr widerwillig, schien es mir – und ich setzte mich neben sein Bett, um zu hören, was er mir etwa mitzuteilen hätte.

»Ich wünsche, meine Leber untersucht zu haben,« sagte er, als seine Frau die Tür hinter sich geschlossen hatte. »Ich hatte da früher ein Geschwür, und Brodie, der Stabsarzt, sagte, es wäre zehn gegen eins zu wetten, daß ich daran krepieren würde. Ich habe es nicht viel gespürt, seit ich aus dem Orient zurückgekehrt bin. Hier war es früher, gerade unter dem Winkel der Rippen.«

»Ich kann die Stelle finden,« sagte ich nach einer sorgfältigen Untersuchung, »aber es freut mich, Ihnen mitteilen zu können, daß das Geschwür entweder vollständig absorbiert oder kalkarzös geworden ist, wie das bei solch einzelnen Geschwüren öfter der Fall ist. Sie haben jetzt nichts mehr davon zu befürchten.«

Er schien über diese Eröffnung durchaus nicht erfreut zu sein.

»So geht's mir immer,« sagte er mürrisch. »Wenn sonst jemand im Fieber phantasiert, würde er sicher in Gefahr sein, und doch sagen Sie mir, daß das bei mir nicht der Fall ist. Sehen Sie her!« Er entblößte seine Brust und zeigte mir eine narbige Wunde über der Herzgegend. »Dort wurde ich von der Kugel eines Afghanen getroffen. Man sollte meinen, daß es der richtige Fleck wäre, um einem den Garaus zu machen. Aber was tat die Kugel? Abgelenkt wurde sie durch eine Rippe, glitschte herum und kam hinten wieder heraus, ohne auch nur das, was Sie Medici die Pleura heißen, zu durchdringen. Haben Sie je so etwas gehört?«

»Sie wurden sicher unter einem Glücksstern geboren,« bemerkte ich lächelnd.

»Das kommt auf den Geschmack an,« antwortete er kopfschüttelnd. »Der Tod hat für mich keine Schrecken, wenn er nur in irgendeiner bekannten Form kommen will, aber ich muß gestehen, daß die Vorahnung einer seltsamen, übernatürlichen Todesart etwas Schreckliches, Entnervendes für mich hat.«

»Sie wollen damit sagen,« sagte ich, ungewiß, worauf er zielte, »daß Sie einen natürlichen Tod einem gewaltsamen vorziehen?«

»Nicht ganz!« sagte er. »Ich bin zu sehr mit dem kalten Stahl und Blei vertraut, um mich davor zu fürchten. Wissen Sie etwas von odyllischer Kraft, Herr Doktor?«

»Nein,« erwiderte ich.

Ich beobachtete ihn scharf, um zu sehen, ob ich Zeichen von wiederkehrendem Delirium entdecken könne; aber sein Gesichtsausdruck war vernünftig, und die fieberische Röte war aus seinen Wangen gewichen.

»O, die europäischen Gelehrten sind in manchen Dingen noch weit zurück,« bemerkte er. »In allem Materiellen und allem, was zur persönlichen Bequemlichkeit beiträgt, leisten sie etwas, aber in der Kenntnis der geheimen Naturkräfte und der schlummernden Wacht des menschlichen Geistes sind die meisten von ihnen noch weit hinter den niedrigsten indischen Kulis zurück. Zahllose Generationen rindfleischfressender, bequemlichkeitsüchtiger Vorfahren haben unseren tierischen Instinkten die Oberhand über unsere seelischen gegeben. Der Körper, der eigentlich nur das Werkzeug der Seele sein soll, ist jetzt zu einem schmachvollen Kerker geworden, in welchem sie gefangen gehalten wird. Bei den Orientalen sind Körper und Seele nicht so ineinander verschmolzen wie bei uns, und es gibt deshalb weniger Ruck ab, wenn sie im Tode voneinander scheiden.«

»Sie scheinen aus dieser Eigentümlichkeit ihrer Organisation keinen großen Vorteil zu ziehen,« bemerkte ich ungläubig.

»Nur den Vorteil größerer Kenntnisse,« antwortete der General. »Wenn Sie nach Ostindien gingen, würden Sie wahrscheinlich als allererstes das sogenannte ›Mangokunststück‹ von einem Eingeborenen ausgeführt sehen. Sie haben selbstverständlich schon davon gehört oder gelesen. Der Kerl pflanzt etwas Mangosamen und macht allerhand Gesten und Zeichen darüber, bis es sproßt und Blätter und Früchte hervorbringt – alles im Zeitraume einer halben Stunde. Es ist eigentlich kein Kunststück, es ist eine Kraft. Diese Leute verstehen mehr von den Vorgängen der Natur, als Ihre Tyndalls und Hunleys, und sie vermögen auf Grund geheimer Mittel, von denen wir keine Vorstellung haben, dieselben zu beschleunigen oder zu verlangsamen. Diese plebejischen Conjurros, wie man sie nennt, sind nur gemeine Pfuscher, aber die Männer, die den höheren Pfad betreten haben, die Brüder des Ragi-zog, sind uns an Kenntnissen mehr überlegen, als wir den Hottentotten oder Patagoniern.«

»Sie sprechen, als ob Sie gut mir ihnen bekannt wären,« bemerklich.

»Ja, und zu meinem Schaden,« erwiderte er. »Ich bin mit ihnen in einer Weise in Berührung gekommen, wie es hoffentlich kein anderer armer Teufel jemals wieder tun wird. Aber wirklich, was diese ›odyllische Kraft‹ anbelangt, so sollten Sie sich genauer darüber orientieren, denn sie hat in Ihrem Berufe eine große Zukunft vor sich. Sie sollten Reichenbachs Nachforschungen über Magnetismus lesen. Diese Schriften, zusammen mit Mesmers siebenundzwanzig Aphorismen und den Werken Dr. Justinus Kerners in Weinsberg würden Ihren Ideenkreis erweitern.«

Es behagte mir wenig, mir einen Studiengang über einen meinen eigenen Beruf betreffenden Gegenstand vorgeschrieben zu sehen; ich machte deshalb keinerlei Bemerkung, sondern erhob mich, um mich zu verabschieden. Ehe ich dies tat, fühlte ich seinen Puls noch einmal und fand, daß das Fieber ihn in der plötzlichen unerklärlichen Weise verlassen hatte, wie es häufig bei malarischen Krankheiten vorkommt. Ich wandte mich ihm zu, um ihm zu seiner Besserung Glück zu wünschen, und streckte zur selben Zeit meine Hand aus, um meine Handschuhe vom Tische zu nehmen, mit dem Resultat, daß ich nicht nur mein Eigentum aufhob, sondern auch das Leinentuch, das über einen Gegenstand in der Mitte des Tisches ausgebreitet lag.

Ich würde nicht bemerkt haben, was ich getan, wenn ich nicht einen gereizten Ausdruck auf dem Gesicht meines Patienten gesehen und gehört hätte, wie er einen ungeduldigen Ausruf ausstieß.

Ich wandte mich sofort um und legte das Tuch so schnell zurück, daß ich nicht hätte sagen können, was darunter war, außer daß es auf mich den Eindruck eines Hochzeitskuchens machte.

»Schon gut, Herr Doktor,« sagte der General gutmütig, da er sah, wie rein zufällig der Zwischenfall gewesen war. »Ich wüßte keinen Grund, weshalb Sie es nicht sehen sollten.«

Er streckte seine Hand aus und zog die leinene Decke zum zweitenmal fort. Es wurde mir jetzt klar, daß das, was ich für einen Hochzeitskuchen gehalten hatte, in Wirklichkeit eine mit bewunderungswürdiger Kunst ausgearbeitete Nachbildung einer hohen Bergkette war, deren schneebedeckte Gipfel ich für die wohlbekannten Zuckertürmchen und Kuppeln eines Kuchens gehalten halte.

»Dies sind die Himalajas oder wenigstens das Surinam-Zweiggebirge,« erklärte er, und zeigte mir dabei die Hauptpässe zwischen Ostindien und Afghanistan. »Es ist ein prachtvolles Modell. Die Gegend hat ein besonderes Interesse für mich, da es die Szene meines ersten Feldzuges ist. Dort ist der Paß, Kalabagh und dem Thul-Tale gegenüber, wo ich im Sommer 1841 tätig war, um den Train zu decken und die Afridis in Ordnung zu halten. Es war keine Kleinigkeit, das können Sie mir glauben.«

»Und dies,« sagte ich, indem ich auf einen blutroten Fleck hinwies, der auf einer Seite des erwähnten Passes markiert war, »dies ist wohl die Szene einer Schlacht, an der Sie beteiligt gewesen sind?«

»Ja, wir hatten dort ein Scharmützel,« antwortete er, wobei er sich vornüberbeugte und den roten Fleck betrachtete. »Wir wurden angegriffen –«

In demselben Augenblick fiel er auf sein Kissen zurück, als ob er geschossen worden wäre, und derselbe schaudernde Ausdruck, den ich beim Betreten des Zimmers bemerkt hatte, ward in seinen Zügen wieder sichtbar. Zu gleicher Zeit hörte ich, scheinbar aus der Luft, über seinem Bette, einen scharftönenden, klingenden

Laut, den ich nur mit dem durch eine Zweiradalarmglocke verursachten Geräusch vergleichen kann. Ich habe aber niemals, weder vorher noch nachher, einen Ton gehört, der damit verwechselt werden könnte.

Ich sah mich überrascht um und wunderte mich, woher das Geräusch wohl käme, bemerkte aber nichts.

»Das ist ganz in der Ordnung, Herr Doktor,« sagte der General, gezwungen lächelnd. – »Es ist meine Privatklingel. Wäre es aber nicht besser, Sie gingen jetzt nach unten und schrieben mein Rezept im Speisezimmer?«

Er wollte mich augenscheinlich gern los sein. Ich verabschiedete mich deshalb, obwohl ich gern länger verweilt hätte, um etwas über die Natur des geheimnisvollen Tones zu erfahren. Ich verließ Cloomber-Hall mit dem festen Entschluß, meinen interessanten Patienten wieder zu besuchen, und hoffte dann weitere Einzelheiten über sein früheres Leben und seine gegenwärtigen Verhältnisse zu erfahren. Ich sollte mich aber in meiner Hoffnung getäuscht sehen, denn am selben Abend erhielt ich einen Brief von dem General selbst, in welchem er mir eine reichliche Vergütung für meinen Besuch schickte und mir mitteilte, meine Behandlung habe ihm so wohlgetan, daß er sich als wiederhergestellt betrachten könne und mich nicht weiter bemühen werde. Dies war das einzige und letzte Lebenszeichen, das ich nach meinem Besuche noch von dem Schloßherrn von Cloomber erhielt.

Nachbarn und andere, die sich für die Sache interessierten, haben mich oft gefragt, ob er den Eindruck eines Irrsinnigen auf mich gemacht habe. Hierauf muß ich mit einem entschiedenen Nein antworten. Im Gegenteil, seine Bemerkungen machten mir den Eindruck eines Mannes, der viel gelesen und ernst nachgedacht hat. Ich beobachtete indessen während meines einzigen Besuches in Cloomber, daß sein Puls schwach, der Arcus Senilis stark markiert und seine Arterien atheromatös waren – alles Anzeichen, daß seine Konstitution wenig zufriedenstellend und eine Krisis jederzeit zu erwarten war.

# ZEHNTES KAPITEL.

Nachdem ich diese Streiflichter auf meine Geschichte geworfen habe, kehre ich zu der Ankunft des wilden Landstreichers, der sich Korporal Rufus Smith nannte, zurück. Dieses Ereignis trug sich gegen Ende September zu, und ich bemerke zur Vergleichung der verschiedenen Taten, daß Dr. Easterlings Besuch in Cloomber etwa drei Wochen früher stattfand. Während dieser ganzen Zeit befand ich mich in einer wenig beneidenswerten Stimmung, denn ich hatte, seitdem der General unsere Zusammenkunft gewahr geworden war, weder von Gabriele noch von ihrem Bruder etwas gesehen.

Zweifelsohne wurden sie irgendwie gewaltsam zurückgehalten, und der Gedanke, daß meine Schwester und ich ihnen diesen neuen Kummer verursacht hatten, war uns beiden sehr schmerzlich.

Unsere Sorgen wurden jedoch einige Tage nach meiner letzten Unterredung mit dem General durch den Empfang eines Briefes von Mordaunt Heatherstone gemildert. Er wurde uns durch einen zerlumpten kleinen Knirps, den Sohn eines Fischers, überbracht, und letzterer erzählte uns, daß er ihn von einer alten Frau – vermutlich der Köchin – am Torwege von Cloomber erhalten habe.

»Meine lieben Freunde,« las ich, »Gabriele und ich haben uns sehr gegrämt bei dem Gedanken, wie besorgt Ihr unseres langen Stillschweigens wegen sein müßt. Tatsache ist, daß wir gezwungen sind, zu Hause zu bleiben. Und dieser Zwang ist nicht physisch sondern moralisch. Unser armer Vater, der mit jedem Tage nervöser wird, hat uns das Versprechen abgenommen, daß wir bis nach dem 5. Oktober nicht ausgehen dürfen, und um seine Befürchtungen zu beschwichtigen, haben wir ihm das gewünschte Gelöbnis gegeben. Anderseits hat er uns versprochen, daß wir nach dem 5. Oktober – das heißt also, in weniger als einer Woche – frei sein sollten, zu gehen und zu kommen, wie es uns beliebt, so daß wir doch etwas zu hoffen haben. Gabriele sagte mir, sie habe Dir erzählt, daß unser Vater nach diesem Tage, an dem seine Befürchtungen ihren Höhepunkt erreichen, wieder wie ein anderer Mann ist. Er hat augenscheinlich diesmal noch mehr Ursache als gewöhnlich anzunehmen, daß seiner unglücklichen Familie Unheil droht, denn ich habe ihn nie solch umfassende Vorbereitungen treffen und ihn noch nie so vollständig entnervt gesehen. Wer würde beim Anblick seiner gebückten Gestalt und der zitternden Hände glauben, daß er derselbe Mann sei, der vor einigen Jahren zu Fuß in den Terai-Dschungeln Tiger schoß und die furchtsameren Jäger verlachte, welche Deckung ihrer Person auf dem Elefanten suchten. Ihr wißt, daß er das Viktoriakreuz trägt, das er in den Straßenkämpfen von Delhi gewonnen hat; und hier, in dem friedlichsten Winkel der Welt, bebt er vor Furcht und fährt bei jedem Geräusch in die Höhe. O, es ist zum Erbarmen, West! Bedenke, was ich Dir einmal schon sagte: Es ist keine eingebildete oder erdichtete Gefahr, sondern, wie wir jeden Grund haben anzunehmen, eine wirklich vorhandene. Sie ist indessen solcher Natur, daß sie weder abgewendet noch deutlich mit Worten beschrieben werden kann. Wenn alles gut geht, werdet Ihr mich am 6. Oktober in Branksome sehen. Mit tausend Grüßen für Euch beide verbleibe ich auf ewig Euer

Mordaunt.«

Der Brief brachte uns eine große Erleichterung, da wir jetzt wußten, daß die Geschwister unter keinem Zwange zu leiden hatten. Aber unsere Hilflosigkeit und Unfähigkeit, die Gefahr, von der unsere Freunde bedroht waren, auch nur zu verstehen, war geradezu zum Tollwerden.

Wohl fünfzigmal täglich fragten wir uns selbst und einander, von woher diese Gefahr zu erwarten sein könnte. Aber je mehr wir nachdachten, desto entfernter erschien die Lösung des Rätsels. Vergebens verglichen wir unsere Beobachtungen und stückten jedes Wort zusammen, das von den Lippen irgendeines der Bewohner von Cloomber gefallen war und das vielleicht direkt oder indirekt auf den Gegenstand Bezug haben konnte. Müde der fruchtlosen Bemühungen, hätten wir uns schließlich gern die ganze Geschichte aus dem Kopfe geschlagen. Wir trösteten uns mit dem Gedanken, daß in einigen Tagen alle Beschränkungen beseitigt sein würden und daß wir dann von den Lippen unserer Freunde selbst erfahren werden, was sie bedrohte. Diese paar Tage, dachten wir, würden inzwischen freilich langsam und langweilig genug dahinschleichen.

Das wäre auch der Fall gewesen, hätte sich nicht ein neues und unerwartetes Ereignis zugetragen, das uns unsere Sorgen aus dem

Sinne schlagen und unsere Gedanken anderweitig beschäftigen sollte.

Der Monat Oktober war glückverheißend mit hellem Sonnenschein und unbewölktem Himmel ins Land gekommen. Am Morgen hatte eine leichte Brise geweht, und hier und dort sah man kleine Dunstringe, wie die verstreuten Federn eines Riesenvogels, dahinschweben. Aber im Laufe des Tages legte sich der leichte Wind vollständig, und die Luft wurde drückend und schwül.

Die Sonne brannte mit einer für die späte Jahreszeit ungewöhnlichen Hitze, so daß die Luft über den höher gelegenen Mooren zu zittern schien und die irischen Berge jenseits des Kanals unseren Blicken verbarg. Das Meer hob und senkte sich in langen schweren Wellen, die langsam landeinwärts rollten, um sich dann mit dumpfem, einförmigem Krachen an der felsenumgürteten Küste zu brechen. Dem Unerfahrenen schien alles ruhig und friedlich, aber für die, welche die Warnungen der Natur zu lesen gewöhnt sind, enthielten Luft und Himmel und Meer eine düstere Drohung.

Meine Schwester und ich gingen am Nachmittag aus und wanderten langsam am Rande der großen sandigen Landzunge dahin, die in das Irische Meer hinausragt und auf der einen Seite die großartige Bay of Luce bildet, auf der anderen die weniger bekannte Bucht von Kirkmaiden, an deren Strande Branksome liegt.

Es war zu schwül, um weit zu gehen. Wir setzten uns deshalb bald auf einen der mit verblaßten Grasbüscheln überwachsenen kleinen Hügel nieder, die sich am Strande hinziehen und einen natürlichen Teich gegen die Anmaßungen des Meeres bilden. Unsere Ruhe wurde bald durch das Knirschen von schweren Schritten auf dem Sand unterbrochen, und Jameson, der alte Matrose, den ich schon Gelegenheit gehabt habe, zu erwähnen, erschien auf der Bildfläche, das flache, kreisförmige Netz, das er zum Granatenfischen gebrauchte, auf dem Nacken. Als er uns erblickte, kam er auf uns zu und sagte in seiner rauhen, freundlichen Weise: er hoffe, wir würden es nicht übelnehmen, wenn er uns eine Schüssel Granaten zum Tee nach Branksome schickte.

»Ich mache vielleicht einen guten Fang vor dem Sturme,« bemerkte er.

»Sie glauben also, daß wir einen Sturm haben werden?« fragte ich.

»Das kann sogar ein Seesoldat sehen,« antwortete er, und staute einen großen Priemen Tabak in seine Backe. »Das Moor drüben bei Cloomber ist förmlich weiß von Seemöven. Weshalb, meinen Sie, daß die aufs Land kämen, außer daß ihnen die Federn nicht vom Leibe geblasen werden. Ich weiß noch, als ich unter Charles Napier an einem solchen Tage vor Kronstadt lag. Wir wurden fast unter die Kanonen der Forts geblasen, trotz unserer Maschinen und Schrauben.«

»Wissen Sie, ob hier jemals Schiffe gescheitert sind?« fragte ich.

»Na, und ob! Die Gegend ist bekannt dafür. In der Bucht drüben sanken zwei von König Philipps Linienschiffen mit Mann und Maus im Spanischen Kriege. Wenn die Wasser hier und in der Bay of Luce drüben sprechen könnten, was könnten die nicht erzählen! Am Jüngsten Tage wird das Wasser hier geradezu schäumen von den vielen Opfern, die aus der Tiefe heraufkommen werden.«

»Ich hoffe, daß kein Schiff scheitert, während wir hier sind!« sagte Esther ernst.

Der alte Mann schüttelte seinen grauen Kopf und schaute mißtrauisch auf den dunstigen Horizont.

»Wenn es von Westen her bläst,« meinte er, »wird es manchen von den Segelschiffen da wenig spaßhaft vorkommen, hier in dem engen Nordkanal gefangen zu sein. Nehmen Sie zum Beispiel die Barke da an. Ich möchte wetten, daß ihr Kapitän sicher gern in der Clyde wäre.«

»Sie scheint ganz unbeweglich dazuliegen,« bemerkte ich, und sah mir das fragliche Schiff, dessen schwarzer Rumpf und schimmernde Segel sich mit dem Schlagen des Riesenpulses unter ihnen hoben und senkten, näher an. »Vielleicht irren wir uns, Jameson, und wir werden doch keinen Sturm haben.«

Der alte Matrose lachte überlegen in seinen Bart hinein und schlürfte mit seinem Granatnetz davon, während meine Schwester und ich nach Hause zurückkehrten.

Ich ging nach meines Vaters Studierzimmer hinauf, um zu sehen, ob der alte Herr noch Aufträge zu geben hätte, denn er hatte sich in ein neues Werk über orientalische Literatur vertieft, und die praktische Verwaltung des Gutes fiel mir daher vollständig zu.

Ich traf ihn an seinem viereckigen Schreibtische, der so mit Büchern und Papieren beladen war, daß von der Tür aus von ihm nur ein Büschel weißen Haares sichtbar war.

»Mein lieber John,« sagte er, als ich eintrat, »es ist mein größter Kummer, daß du nicht besser im Sanskrit beschlagen bist. Als ich in deinem Alter war, konnte ich mich nicht nur in jener edlen Sprache, sondern auch in den tamulischen, lohitischen, gangelischen, taischen und malaiischen Dialekten, die alle Sprößlinge des turanischen Zweiges sind, unterhalten.

»Ich bedaure ungemein,« antwortete ich, »daß ich nicht dein wunderbares Sprachgenie ererbt habe.«

»Ich habe mir etwas zu tun vorgenommen,« erklärte er, »das den Namen West unsterblich machen würde, wenn es nur in unserer Familie von Generation zu Generation bis zu seiner Vollendung fortgeführt werden könnte. Ich habe nämlich vor, eine englische Übersetzung der Buddhistischen Dscharmas zu veröffentlichen, mit einem Vorworte, das den Standpunkt des Brahmanismus vor Sakjamunis Kommen erläutern würde. Bei großem Fleiße ist es möglich, daß ich selbst noch einen Teil des Vorworts beendige, bevor ich sterbe.«

»Und bitte,« fragte ich, »wie lange würde es dauern, bis das ganze Werk fertig würde?«

»Die gekürzte Ausgabe in der kaiserlichen Bibliothek zu Peking«, sagte mein Vater, seine Hände reibend, »besteht aus 325 Bänden, jeder in einem durchschnittlichen Gewicht von fünf Pfund. Dann könnte das Vorwort, das eine Erklärung der Kig-Veda, der Sama-Veda, der Yagur-Veda und der Atharva-Veda mit den Brahmanas umfassen muß, kaum in weniger als zehn Bänden beendet werden. Wenn wir nun auf jeden Band ein Jahr rechneten, so wäre zu hoffen, daß die zwölfte Generation unserer Familie das Werk im Jahre 2250 beendigen würde, während die dreizehnte sich dann mit den Indern beschäftigen könnte!«

»Und wovon würden unsere Nachkommen während der Arbeit an diesem großartigen Unternehmen leben?« fragte ich lächelnd.

»Das ist das schlimmste bei dir, John!« rief mein Vater empfindlich. »Du bist so unpraktisch! Anstatt deine ganze Aufmerksamkeit auf die Ausführung meines Planes zu beschränken, machst du allerhand lächerliche Einwürfe. Es ist ganz nebensächlich, wovon unsere Nachkommen leben, solange sie nur an den Dscharmas arbeiten. Jetzt möchte ich aber gern, daß du nach Fugus Mc. Donals Hütte hinaufgingst und nach dem Dache sähst. Und Willi Fullerton schrieb mir, daß es mit seiner Milchkuh schlecht ginge. Du könntest auf dem Wege dort vorsprechen und nachfragen.«

Ich machte mich auf, um diese Sachen zu besorgen; aber ehe ich ging, sah ich nach dem Barometer an der Wand. Das Quecksilber war auf 28 Zoll – etwas ganz Außerordentliches – gefallen. Der alte Matrose hatte sich augenscheinlich nicht getäuscht. Als ich abends über das Moor zurückkam, blies der Wind in kurzen, zornigen Stößen, und der Horizont war im Westen mir düsteren Wolken bedeckt, die ihre Fangarme bis zum Zenit emporstreckten. Auf diesem dunklen Hintergrunde hoben sich ein oder zwei große, blasse, schwefelfarbene Kleckse drohend und gehässig ab, und die Oberfläche des Meeres, die vorher wie poliertes Quecksilber aussah, hatte die Farbe gestampften Glases angenommen. Ein leises, dumpfes Stöhnen stieg von der See auf, als wüßte sie, was ihr bevorstände. Weit draußen im Kanal sah ich ein einsam hastendes Dampfboot Belfast Lough zueilen, und die große Barke, die ich am Morgen beobachtet hatte, kreuzte noch immer nahe der Bucht umher, in dem Bemühen, nach Norden hin zu entschlüpfen.

Um neun Uhr war es noch eine scharfe Brise. Um zehn Uhr hatte der Wind sich zum Sturm gesteigert, und vor Mitternacht wütete der schrecklichste Orkan, den ich je an dieser sturm- und wettergepeitschten Küste erlebt habe.

Ich saß eine Zeitlang in unserem eichengetäfelten Wohnzimmer und horchte auf das Kreischen und Heulen des Sturmes und das Geklapper der kleinen Steinchen, die gegen unsere Fenster geschleudert wurden. Der Natur grausiges Orchester spielte sein uraltes Stück, in das sich der tiefe Baß der Brandung mit dem Tremolo aufgeschreckter Sturmvögel und das unheimliche Geknister losbrechender Schindeln mischte.

Einmal öffnete ich auf einen Augenblick das Fenster; aber eine Flut von Regen schoß sofort herein, und der Wind schleuderte einen Haufen nassen Seetangs hindurch, so daß es auf den Tisch niederfiel. Kaum konnte ich das Fenster wieder schließen.

Meine Schwester und mein Vater hatten sich auf ihre Zimmer zurückgezogen, aber meine Gedanken ließen mich noch nicht schlafen, und so blieb ich bei dem glimmenden Kaminfeuer sitzen und rauchte meine Pfeife.

Was ging jetzt wohl im Schlosse vor, dachte ich. Was dachte Gabriele von dem Sturm? Und welche Wirkung hatte er auf den alten Mann, der in der Nacht in dem alten Hause umherwanderte? Hieß er die furchtbaren Naturkräfte willkommen, weil sie seinen eigenen stürmischen Gefühlen entsprachen?

Es waren jetzt nur noch fünf Tage bis zu dem Datum, das, wie man uns versicherte, eine Krisis in seinem Leben bedeutete. Würde er dieses plötzliche Unwetter als einen Vorboten des geheimnisvollen Schicksals betrachten, das ihm drohte?

Über alles dies und vieles andere noch grübelte ich, als ich vor den glimmenden Kohlen saß, bis sie nach und nach hinstarben und die frostige Nachtluft mich mahnte, daß es Zeit sei, mich zur Ruhe zu legen.

Ich mochte ein paar Stunden geschlafen haben, als ich durch ein heftiges Rütteln an der Schulter geweckt wurde. Ich richtete mich im Bette auf und sah bei dem dämmerigen Lichte, daß mein Vater halbangekleidet vor mir stand, und daß es sein Griff war, den ich fühlte.

»Steh auf, steh auf!« rief er aufgeregt. »Ein großes Schiff ist in der Bucht aufgelaufen, und die armen Leute werden alle ertrinken. Komm herunter, mein Junge, und laß uns sehen, was wir tun können.«

Der gute alte Mann schien vor Aufregung und Ungeduld fast außer sich zu sein. Ich sprang aus dem Bette und warf schnell einige Kleidungsstücke über, als ein dumpfes, krachendes Geräusch das Heulen des Windes und das Donnern der Brandung übertönte.

»Da ist es wieder!« rief mein Vater. »Es ist ihre Signalkanone. Arme Kerle! Jameson und die Fischer sind unten. Zieh deinen Ölrock an und hole deinen Südwester. Komm, komm, jede Sekunde kann ein Menschenleben kosten!«

Wir eilten zusammen fort und kämpften unsern Weg in Gemeinschaft mit etwa einem Dutzend der Einwohner von Branksome zum Strande hinunter.

Der Sturm hatte an Heftigkeit eher zu- als abgenommen, und der Wind heulte mit einem wahren Höllenlärm um uns herum. – So furchtbar war seine Gewalt, daß wir unsere Schulter dagegen stemmen und uns geradezu hindurchbohren mußten, während der Sand uns ins Gesicht peitschte.

Es war gerade hell genug, um die dahinschießenden Wolken und den weißen Schaum der Brandungswellen unterscheiden zu können. Darüber hinaus war alles pechschwarze Finsternis.

Wir standen bis zu den Knöcheln in Schlamm und Seetang, unsere Augen mit den Händen bedeckend und in das Dunkel hinausspähend. Es kam mir vor, als ob ich flehende und angsterfüllte Menschenstimmen hörte; aber in dem Tumult der Elemente war es unmöglich, einen Laut von dem andern zu unterscheiden. Plötzlich erglänzte ein Licht inmitten des Ungewitters, und im nächsten Augenblick erhellte der wilde Schein eines Signallichtes grell den Strand und die sturmgepeitschte Bucht und inmitten derselben ein Bild, das mir den Herzschlag lähmte.

Die gescheiterte Barke lag mitten auf dem gefürchteten Hansel-Riff und neigte sich so weit herüber, daß ich alle ihre Deckplanken sehen konnte. Ich erkannte sofort die Barke wieder, die ich am Morgen im Kanal beobachtet hatte, und der Union-Jack, umgekehrt an den zersplitterten Stumpf ihres Besanmastes genagelt, deutete ihre Nationalität an.

Jede Rahe und Brasse, jedes schlängelnde Tauende zeigte sich klar und deutlich in dem grellen Lichte, das von dem höchsten Teile des Vorderdecks sprühte und flackerte. Jenseits des dem Verderben geweihten Schiffes kamen die langen, rollenden Linien schwarzer Wellen heran, nimmer endend, nimmermüde, jede mit einem zornigen Schaumkamme auf ihrem Haupte. Wenn sie in den Zauberkreis des Lichtscheins kamen, schienen sie noch mehr Kraft und Gewalt zu gewinnen, und sie eilten noch ungestümer vorwärts, bis sie brüllend und krachend auf ihre Opfer lossprangen.

An die Luvwanten geklammert, konnten wir deutlich zehn oder zwölf geängstigte Matrosen sehen, die, als uns das Licht ihre Anwesenheit verriet, uns ihre weißen Gesichter zuwandten und flehend ihre Hände erhoben. Unsere Gegenwart hatte die armen Teufel augenscheinlich frische Hoffnung schöpfen lassen, obwohl es klar war, daß ihre eigenen Boote entweder über Bord gewaschen oder so beschädigt waren, daß sie nutzlos geworden waren.

Aber die in der Takelage hängenden Matrosen waren nicht die einzigen Unglücklichen an Bord.

Aus dem Hinterdeck standen drei Männer, die von anderer Rasse und von anderem Charakter zu sein schienen, als die unsere Hilfe anflehenden Matrosen. Gegen die zerschmetterte Schanze lehnend, unterhielten sie sich so ruhig und unbefangen miteinander, als ob sie die sie umgebende Todesgefahr nicht einmal ahnten.

Als der Schein des Signallichtes auf sie fiel, konnten wir von der Küste aus sehen, daß diese unbeweglichen Fremden rote Feze trugen und ihre Gesichter von jenem großgeschnittenen Typus waren, der die orientalische Abkunft verrät.

Wir hatten jedoch wenig Zeit, von diesen Kleinigkeiten Kenntnis zu nehmen. Das Schiff brach schnell in Stücke, und irgendeine Anstrengung mußte gemacht werden, um die durchnäßte Menschengruppe, die unsere Hilfe anflehte, zu retten.

Das nächste Rettungsboot war an der Bay of Luce, zehn Meilen entfernt; aber hier hatten wir ja unser eigenes, breites, geräumiges Fahrzeug und genug wackere Fischer, um es zu bemannen.

Unser sechs sprangen zu den Rudern, die anderen stießen uns ab, und wir kämpften unseren Weg durch die strudelnden, brausenden Wassermassen. Mehrfach taumelten wir vor den dahersegelnden großen Wogen zurück, aber allmählich verminderten wir doch die Entfernung zwischen uns und der Barke.

Es schien jedoch, als ob unsere Mühe vergebens sein sollte. Als wir durch einen Wasserschwall in die Höhe gehoben wurden, sah ich eine Riesenwoge, die alle anderen überragte und ihnen wie ein Hirt der Herde folgte, auf das Schiff losstürmen und ihren schäumenden grünen Kamm über das aus den Fugen gehende Verdeck neigen. Mit einem betäubenden ohrenzerreißenden Krach barst das Schiff da, wo der schreckliche, zackige Rücken des Hansel-Riffes ihm den Kiel zersägt hatte.

Das Hinterdeck mit dem zerbrochenen Besan und den drei Orientalen sank in das tiefe Wasser zurück und verschwand, während die vordere Hälfte, ein gefährliches Gleichgewicht beibehaltend, hilflos hin und her schaukelte. Ein Schreckensruf tönte vom Wrack herüber und fand ein Echo auf dem Strande; aber eine gütige Vorsehung hielt es über Wasser, bis wir uns zu seinem Bugspriet durchgekämpft und die ganze Bemannung gerettet hatten.

Wir hatten kaum die Hälfte des Rückweges hinter uns, als eine andere große Welle das zertrümmerte Vorderteil von dem Riff hinunterfegte und mit dem Erlöschen des Signallichtes den letzten Teil des wilden Dramas unseren Augen verhüllte.

Unsere Freunde am Strande beglückwünschten und priesen uns laut, zögerten auch nicht, die Schiffbrüchigen zu bewillkommnen und aufzunehmen.

Es waren ihrer dreizehn, und eine entmutigtere und niedergeschlagenere Schar Sterblicher ist dem Tode nie durch die Finger geschlüpft. Die einzige Ausnahme bildete der Kapitän, der ein abgehärteter robuster Mann zu sein schien, der sich nicht viel aus der Geschichte machte. Einige wurden nach dieser, andere nach jener Hütte gebracht, aber die Mehrzahl kam mit uns nach Branksome, wo wir ihnen trockene Kleidung, soviel wir gerade auftreiben konnten, gaben und sie am Küchenfeuer mit Bier und Rindfleisch bewirteten.

Der Kapitän, dessen Name Meadows war, quetschte seine vierschrötige Gestalt in einen von meinen Anzügen und kam in unser Wohnzimmer hinab, wo er meinem Vater und mir die näheren Umstände des Schiffbruches erzählte.

»Wenn Sie und Ihre wackeren Jungens nicht dagewesen wären,« sagte er, mir zulachend, »so lägen wir jetzt zehn Faden tief. Was die ›Belinda‹ anbelangt, so war sie ein morscher, alter Kasten und gut versichert. Weder die Eigentümer noch ich werden uns über ihren Verlust die Augen ausweinen.«

»Ich fürchte,« sagte mein Vater traurig, »daß wir Ihre drei Passagiere nie wiedersehen werden. Ich habe die Leute am Strande gelassen, falls sie ans Land gewaschen werden sollten, aber ich fürchte, daß keine Hoffnung vorhanden ist. Ich sah sie untersinken, als das Schiff barst, und kein Mensch hätte auch nur einen Augenblick in dem schrecklichen Schwalle am Leben bleiben können.«

»Wer waren sie?« fragte ich. »Ich hätte nie geglaubt, daß Menschen angesichts so drohender Gefahr so unbefangen sein könnten.«

»Wer sie waren,« antwortete der Kapitän, nachdenklich aus seiner Pfeife paffend, »das läßt sich nicht sagen. Unser letzter Hafen war Kurrachee im nördlichen Ostindien, und dort nahmen wir sie als Passagiere nach Glasgow an Bord. Ram Singh hieß der Jüngste, der einzige, mit dem ich in Berührung kam; doch sie schienen alle ruhige, harmlose Herren zu sein. Ich habe mich nicht nach ihren Verhältnissen erkundigt, aber ich sollte meinen, es wären spanische Kaufleute aus Hyderabad gewesen, deren Geschäft sie nach Europa rief. Ich konnte nie verstehen, weshalb die Mannschaft und sogar der Steuermann, der doch mehr Verstand haben sollte, sich vor ihnen fürchtete!«

»Fürchtete?« rief ich überrascht aus.

»Ja! Sie hatten irgendeine unsinnige Idee, daß die Fremden gefährliche Schiffsgesellen wären. Ich zweifle nicht, daß, wenn wir jetzt in die Küche gingen, wir alle darin übereinstimmend finden würden, daß unsere Passagiere an dem ganzen Unglück schuld sind.«

Während der Kapitän sprach, wurde die Tür geöffnet, und der Steuermann, ein langer, rotbärtiger Seemann, trat ein. Er hatte von einem gutherzigen Fischer eine ganze Ausrüstung erhalten und kam mir in einem bequemen Jersey und gutgeschmierten Stiefeln als ein sehr günstiges Spezimen eines schiffbrüchigen Seemannes vor.

Mit einigen Worten dankbarer Anerkennung für unsere Gastfreundlichkeit zog er sich einen Stuhl an den Kamin heran und wärmte seine großen, braunen Hände am Feuer.

»Was meinen Sie jetzt, Kapitän Meadows?« sagte er dann, seinen Vorgesetzten ansehend. – »Habe ich Sie nicht gewarnt, jene Nigger an Bord zu nehmen?«

Der Kapitän lehnte sich in seinem Stuhle zurück und lachte herzlich.

»Habe ich's nicht gesagt?« rief er uns zu. »Hab' ich's Ihnen nicht gesagt?«

»Es hätte leicht anders kommen können,« bemerkte der andere gekränkt. »Ich habe eine gute Seekiste verloren und beinahe mein Leben obendrein.«

»Wollen Sie damit sagen,« fragte ich, »daß Sie den Unfall Ihren unglücklichen Passagieren zuschreiben?«

Der Steuermann riß die Augen auf.

»Weshalb unglücklich?«

»Weil sie sicher ertrunken sind,« antwortete ich ernst.

Er rümpfte ungläubig die Nase und fuhr fort, seine Hände zu wärmen.

»Solche Leute ertrinken nie,« sagte er dann nach einer Pause. »Ihr Vater, der Teufel, beschützt sie. Haben Sie gesehen, wie sie auf dem Hinterdeck standen und sich Zigaretten drehten, als der Besan brach und die Rettungsboote zerschmetterte? Das war genug für mich. Es wundert mich gar nicht, daß ihr Landratten das nicht versteht; aber der Kapitän hier, der auf See gewesen ist, seit er drei

Käse hoch war, der sollte doch wissen, daß ein Kater und ein Pfaffe die schlimmste Ladung ist, die man an Bord nehmen kann. Und wenn ein christlicher schon schlimm genug ist, dann ist ein Heidenpriester noch fünfzigmal schlimmer, denk' ich. Ich glaube noch an die alte Religion. Gott verdamm' mich!«

Mein Vater und ich konnten uns nicht enthalten, über die unorthodoxe Manier des rauhen Seemannes, mit der er sich zum orthodoxen Glauben bekannte, zu lachen. Dem Steuermann war es jedoch augenscheinlich heiliger Ernst, und er schickte sich an, seinen Standpunkt zu verteidigen.

»In Kurrachee, gleich nach ihrer Ankunft, habe ich Sie gewarnt,« sagte er vorwurfsvoll zu dem Kapitän. »Ich hatte drei buddhistische Laskaren in meiner Wache, und was taten die, als die Kerle an Bord kamen? Auf den Magen legten sie sich und rieben ihre Nasen auf dem Verdeck! So viel würden sie nicht für einen Admiral der königlichen Marine getan haben. Diese Nigger wissen, mit wem sie es zu tun haben, und ich roch Lunte, sowie ich sie auf dem Gesicht liegen sah. Ich fragte sie nachher, weshalb sie es getan, und sie antworteten, daß die Passagiere Heilige seien. Sie hörten es selbst.«

»Darin liegt doch kein Harm, Hawkins,« sagte Kapitän Meadows.

»Ich weiß nicht,« sagte der Steuermann zweifelhaft. »Der heilige Christ ist derjenige, der Gott am nächsten ist, aber der heiligste Nigger ist meiner Meinung nach der, der dem Teufel am nächsten ist. Dann sahen Sie selbst, Kapitän Meadows, wie sie sich während der Reise benahmen; sie lasen Bücher, die auf Holz anstatt auf Papier geschrieben waren, und saßen die ganze Nacht auf dem Hinterdeck zusammen und schnatterten. Weshalb hatten sie eine eigene Seekarte und bezeichneten den Kurs des Schiffes jeden Tag?«

»Taten sie denn das?« fragte der Kapitän.

Der Steuermann nickte eifrig.

»Und ob! Ich hab' es Ihnen nur nicht eher gesagt, weil Sie über alles lachen. Sie hatten ihre eigenen Instrumente. Wann sie sie gebrauchten, kann ich nicht sagen, aber jeden Tag um zwölf Uhr mittags berechneten sie die Längen- und Breitengrade und bezeichneten die Stellung des Schiffes auf einer Seekarte, die auf ihrem Kajütentische befestigt war. Ich habe es gesehen und der Steward auch von seiner Kambüse aus.«

»Ich sehe nicht, was Sie daraus schließen,« bemerkte der Kapitän, »obwohl ich gestehe, daß es sehr absonderlich ist.«

»Ich will Ihnen noch etwas Absonderlicheres sagen.« fuhr der Steuermann nachdrücklich fort. »Wissen Sie den Namen der Bucht, in der wir gestrandet sind?«

»Ich weiß von unseren guten Freunden hier, daß wir an der Küste von Wigtowashire find.« antwortete der Kapitän, »aber den Namen der Bucht habe ich noch nicht gehört.«

Der Steuermann beugte sich vorwärts und sah den Kapitän fest an.

»Es ist die Bucht von Kirkmaiden!« sagte er ernst.

Falls er erwartet hatte, Kapitän Meadows in Erstaunen zu versetzen, so gelang ihm dieses vollständig. Die Überraschung benahm dem Kapitän minutenlang die Sprache.

»Das ist wirklich wunderbar,« sagte er endlich, sich an uns wendend. »Unsere Passagiere fragten uns gleich im Anfange der Reise über das Vorhandensein einer Bucht dieses Namens aus. Hawkins und ich behaupteten, sie nicht zu kennen, denn auf der Seekarte ist sie in der Bay of Luce mit einbegriffen. Daß wir schließlich hierher getrieben sind und Schiffbruch erlitten haben, ist ein außerordentlicher Zufall.«

»Zu außerordentlich, um ein Zufall zu sein!« knurrte der Steuermann. »Ich sah sie, wie sie während der Windstille gestern morgen nach dem Land an unserer Steuerbordseite hinüberzeigten. Sie wußten gut, daß dies der Hafen war, in den sie einlaufen wollten.«

»Ja, was halten Sie denn von der Geschichte, Hawkins?« fragte der Kapitän nachdenklich. »Wie erklären Sie sich die Sache?«

»Meiner Meinung nach«, antwortete der Steuermann, »können die drei Leute da gerade so leicht einen Sturm hervorrufen, wie ich meinen Grog hier trinken kann. Sie hatten ihre eigenen Gründe, weshalb sie nach dieser gottverlassenen – bitte um Entschuldigung, meine Herren – gottverlassenen Bucht wollten, und so haben sie einen Umweg vermieden, indem sie sich hier ans Land blasen ließen. So erkläre ich mir die Sache, aber was drei Buddhistenpriester in der Bucht von Kirkmaiden zu suchen haben, geht über meinen Horizont.«

Mein Vater hob seine Augenbrauen, um die Zweifel auszudrücken, denen Worte zu verleihen seine Gastfreundschaft ihm verbot.

»Ich denke, meine Herren,« sagte er, »daß Sie beide nach Ihren gefährlichen Abenteuern im höchsten Grade der Ruhe bedürfen. Wenn Sie mir folgen wollen, werde ich Sie auf Ihr Zimmer geleiten.«

Und er führte sie mit altmodischer Höflichkeit nach der besten leerstehenden Kammer des Hauses. Als er nochmals zu mir ins Wohnzimmer zurückkehrte, schlug er vor, daß wir zusammen an den Strand hinabgehen und, wenn möglich, etwas Neues ausfindig machen wollten.

Das erste blasse Dämmerlicht des Morgens erstrahlte gerade im Osten, als wir zum zweitenmal den Weg nach dem Orte des Schiffbruchs antraten. Der Sturm hatte ausgetobt, aber die See ging noch hoch, und inmitten der Brandung zog sich eine kochende Linie Schaumes hin, als ob der grimmige alte Ozean aus Wut, daß seine Opfer ihm entschlüpft waren, mit seinen weißen Zähnen knirsche.

Am Strande entlang waren Fischer und Kätner beschäftigt, die Spieren und Fässer, sobald sie nur ans Ufer gespült wurden, aufs Trockene zu ziehen. Niemand hatte jedoch irgendwelche Leichen gesehen, und man erklärte uns. daß nur schwimmende Gegenstände an das Ufer gelangen könnten, da die heftige Gegenströmung alles, was unter der Oberfläche war, unfehlbar in das Meer hinaus risse.

Von der Möglichkeit, daß die unglücklichen Passagiere die Küste hätten erreichen können, wollte keiner dieser praktischen Leute auch nur einen Augenblick hören, und sie bewiesen uns haarklein, daß sie, wenn sie nicht ertrunken wären, auf dem Felsen in Stücke zerschmettert worden sein müßten.

»Wir haben alles getan, was getan werden konnte,« sagte mein Vater traurig, als wir heimschritten. »Ich fürchte, daß das plötzliche Unglück den Verstand des armen Steuermannes verstört hat. Hast du gehört, wie er von den Buddhistenpriestern sagte, daß sie den Sturm verursacht hätten?«

»Ja, ich hörte es,« antwortete ich.

»Es war mir höchst peinlich, ihm zuhören zu müssen,« meinte mein Vater. »Es soll mich wundern, ob er etwas dagegen haben würde, wenn ich ihm ein kleines Senfpflaster hinter die Ohren legte. Es würde eine etwaige Blutstockung im Gehirn abziehen. Oder am Ende wäre es das beste, ihn zu wecken und ihm zwei Leberpillen zu verabreichen. Was denkst du, John?«

»Ich denke, es wird am besten sein, du läßt ihn schlafen und legst dich selbst zur Ruhe. Du kannst ihn morgen doktorn, falls er es dann noch nötig hat.«

Mit diesen Worten stolperte ich, selbst todmüde, auf meine Kammer, warf mich auf mein Lager und war bald in einen dumpfen, traumlosen Schlaf versunken, den ich nötig haben sollte, um das Ereignis des folgenden Tages nicht etwa für die Fortsetzung eines nächtlichen Spukes zu halten – das übernatürlichste Ereignis meines Lebens.

# ELFTES KAPITEL.

Es muß elf oder zwölf Uhr mittags gewesen sein, als ich endlich erwachte; die wilden, stürmischen Ereignisse der letzten Nacht kamen mir in der Flut goldigen Lichtes, das in meine Kammer strömte, wie ein phantastischer Traum vor. Es war schwer zu glauben, daß das milde Lüftchen, das so sanft mit den Efeublättern unter meinem Fenster flüsterte, dasselbe Element war, das vor wenigen Stunden noch das ganze Haus erschüttert hatte. Es war, als ob die Natur ihren plötzlichen Ausbruch von Leidenschaft bereue und sich bemühe, die Welt durch Wärme und Sonnenschein dafür zu entschädigen.

Unten auf der Diele traf ich eine Anzahl der schiffbrüchigen Seeleute, erfrischt durch die nächtliche Rast; bei meinem Erscheinen wurde ein Gemurmel von Dankbarkeit und Freude unter ihnen laut.

Man hatte Anstalt getroffen, sie nach Wigtown zu fahren, von wo sie dann mit dem Abendzuge nach Glasgow weiterreisen konnten, und mein Vater hatte angeordnet, daß jeder ein Paket belegter Butterbrote und hartgekochter Eier mit auf den Weg bekommen sollte.

Kapitän Meadows dankte uns herzlich im Namen seiner Reeder für die ihnen zuteil gewordene gute Behandlung und forderte seine Mannschaft auf, drei Hochs auszubringen, die aus kräftigen Lungen erklangen. Er und der Steuermann gingen nach dem Frühstück mit uns zum Strande hinunter, um sich den Ort des Schiffbruches zum letztenmal anzusehen.

Der weite Busen der Bucht wogte noch krampfhaft, und seine Wellen brachen sich schluchzend an den Felsen, aber der wilde Tumult, den wir am frühen Morgen gesehen hatten, war vorüber. Die langen, smaragdgrünen Wellenreihen mit ihren kecken kleinen Schaumkämmchen rollten langsam und majestätisch heran, um sich in einem regelmäßigen Rhythmus, ähnlich dem Atemschöpfen eines ermatteten Ungeheuers, zu überschlagen.

Eine Kabellänge vom Ufer konnten wir den Hauptmast der Barke auf den Wellen schwimmen sehen, wie er von Zeit zu Zeit in seinem Wassergrabe verschwand und dann wieder – einem Riesenwurfspeer gleich – von den Wogen in die Höhe geschleudert wurde. Andere kleinere Schiffstrümmer waren über das Wasser hin verstreut, während unzählige Spieren und Barren auf dem Sande umherlagen.

Ich bemerkte, daß ein paar breitbeschwingte Seemöwen über dem Wrack hin und her flatterten, als sähen sie gar seltsame Dinge unter dem Wasser, und dann und wann hörten wir ihre krächzenden Stimmen, als ob sie einander mitteilten, was sie erblickt hatten.

»Es war ein morscher Kasten,« sagte der Kapitän, traurig auf das Meer hinausschauend. »Und doch ist es ein wehmütiges Gefühl, zum letztenmal ein Schiff zu betrachten, in dem man gesegelt hat. Na, es würde ja doch abgetakelt und als Brennholz verkauft worden sein.«

»Es ist eine friedliche Szene,« bemerkte ich. »Wer würde denken, daß in diesem selben Wasser letzte Nacht drei Männer ihr Leben verloren haben!«

»Arme Kerle!« sagte der Kapitän gefühlvoll. »Sollten sie noch nach unserer Abreise an das Land gespült werden, so verlasse ich mich darauf, daß Sie ihnen ein anständiges Begräbnis zuteil werden lassen.«

Ich wollte hierauf eben etwas entgegnen, als der Steuermann in ein lautes Gelächter ausbrach und sich vor Vergnügen aus die Schenkel schlug.

»Wenn Sie sie beerdigen wollen,« sagte er, »so beeilen Sie sich, lieber Herr, sonst werden sie Ihnen entwischen. Sie wissen doch, was ich Ihnen gestern sagte. Schauen Sie nur nach jenem Hügel hinüber, und sagen Sie mir, ob ich recht habe oder nicht!«

Nicht weit von uns lag eine hohe Sanddüne nahe dem Strande, und auf dem Rücken dieser Düne stand die Figur, welche die Aufmerksamkeit des Steuermanns erregt hatte.

Der Kapitän schlug die Hände über dem Kopfs zusammen, als er auf die Erscheinung hinstarrte.

»Beim Himmel!« rief er aus. »Das ist Ram Singh in eigener Person! Überholen wir ihn!«

Er rannte aufgeregt am Strande entlang, gefolgt von dem Steuermann und mir, sowie von einigen Fischern, welche ebenfalls die Anwesenheit des Fremden bemerkt hatten. Dieser kam, als er uns sah, von seinem Beobachtungsposten herunter und schritt, das Haupt nachdenklich auf die Brust gesenkt, ruhig auf uns zu. Ich konnte nicht umhin, unser hastiges, geräuschvolles Vorgehen mit der Ruhe und der Würde dieses Orientalen zu vergleichen, und der

Gegensatz wurde noch schärfer, als er seine ruhigen, gedankenvollen, dunklen Augen auf uns richtete und sein Haupt zu einem anmutigen, hoheitsvollen Gruße neigte.

Wir kamen uns vor wie Schuljungen in der Gegenwart des Lehrers. Die breite, glatte Stirn des Fremden, sein klarer, durchdringender Blick, sein festgeschlossener und doch weicher Mund und seine feingeschnittenen, willenskräftigen Züge vereinigten sich zu der edelsten und eindrucksvollsten Erscheinung, die ich je gesehen habe.

Ich hätte nie geahnt, daß solche unzerstörbare Ruhe und zugleich solches Bewußtsein schlummernder Kraft in einem Menschenantlitz ausgedrückt sein könnten. Er trug einen Rock von braunem Samt und lose, dunkle Hosen; sein Hemd war tief ausgeschnitten, so daß sein muskulöser, brauner Nacken sichtbar wurde; er hatte noch denselben roten Fez auf, den ich vorige Nacht vom Strande aus bemerkt hatte.

Als wir uns näherten, war ich überrascht zu sehen, daß keins dieser Kleidungsstücke die geringste Spur von Nässe oder rauher Behandlung zeigte.

»Ihnen scheint Ihre Taufe gar nicht übel bekommen zu sein,« sagte er mit einer angenehmen, wohlklingenden Stimme, von dem Kapitän auf den Steuermann blickend. »Hoffentlich haben alle Ihre armen Matrosen gute Quartiere gefunden?«

»Wir sind alle in Sicherheit,« antwortete der Kapitän. »Aber wir hatten Sie als verloren aufgegeben – Sie und Ihre beiden Freunde. In der Tat traf ich gerade mit Herrn West hier Vorkehrungen für Ihr Begräbnis.«

Der Fremde sah mich an und lächelte.

»Wir wollen Herrn West diese Mühe so bald noch nicht machen,« bemerkte er. »Meine Freunde und ich haben die Küste glücklich erreicht. Wir haben etwa eine Meile von hier in einer Hütte Obdach gefunden. Es ist zwar einsam da, aber wir haben alles, was wir nur wünschen können.«

»Wir werden heute nachmittag nach Glasgow abfahren,« sagte der Kapitän. »Es sollte mich freuen, wenn Sie mitkämen. Falls Sie nicht schon früher in England gewesen sind, wird es Ihnen etwas schwer fallen, allein zu reisen.«

»Wir sind Ihnen für Ihre Fürsorge sehr verbunden.« antwortete Ram Singh, »aber wir werden von Ihrem freundlichen Anerbieten keinen Gebrauch machen. Da uns die Elemente einmal hierher verschlagen haben, beabsichtigen wir, uns die Gegend etwas anzusehen, ehe wir sie verlassen.«

»Wie es Ihnen gefällt,« meinte der Kapitän achselzuckend. »Ich glaube aber kaum, daß Sie viel Interessantes in diesem Winkel finden werden.«

»Möglicherweise nicht,« entgegnete Ram Singh mit einem heiteren Lächeln. »Sie kennen aber Miltons Zeilen: ›Der Geist ist seine eigene Stätte: in sich selbst kann er aus Himmeln Höllen, eine Höll' zum Himmel machen.‹ Ich glaube, wir können hier einige Tage bequem genug zubringen. Und wirklich, Sie müssen sich irren, wenn Sie diese Gegend als eine barbarische betrachten. Wenn ich mich nicht täusche, ist der Vater dieses jungen Mannes Herr James Hunter West, dessen Name bei den indischen Pundits wohlbekannt und geehrt ist?«

»Mein Vater ist in der Tat ein bekannter Orientalist,« antwortete ich erstaunt.

»Die Gegenwart eines solchen Mannes,« bemerkte der Fremde langsam, »wandelt eine Wildnis in eine Stadt um. Ein großer Geist ist ein höheres Wahrzeichen der Zivilisation, als unabsehbare Meilen von Ziegelsteinen und Kalk. Ihr Herr Vater ist zwar kaum so tief, wie Sir William Jones, oder so unterrichtet, wie der Baron von Hammer-Purgstall, doch vereinigt er manche Tugenden beider in sich. Sie können ihm aber von mir sagen, daß er sich irrt bezüglich der Übereinstimmung zwischen samojedischen und tamulischen Wortwurzeln, die er nachgewiesen zu haben glaubt.«

Während ich diese Zeilen niederschreibe, überkommt mich wieder etwas von der geradezu bezwingenden Ruhe, mit welcher der wundersame Fremdling von einem Thema zu sprechen wußte, welches mit den Schrecken des Schiffbruches in dem krassesten Widerspruch stand, ein Widerspruch, den indes erst die kommenden Ereignisse zu einem unlösbaren Rätsel gestalten sollten.

Ein geradezu imponierender Eindruck war es, den die Sprechweise des sonderbaren Fremden auf mich übte. Und unter dem Einfluß dieser Einwirkung antwortete ich ihm: »Wenn Sie sich entschlossen haben, diese Gegend durch Ihr Hierbleiben zu ehren, so dürften Sie meinen Vater schwer beleidigen, wenn Sie nicht seine Gäste werden. Er vertritt den Gutsherrn hier, und es ist nach schottischem Brauch sein Vorrecht, alle hervorragenden Fremden, die die Gemeinde besuchen, zu bewirten.«

Meine Gastfreundschaft hatte mir diese Einladung eingegeben, obwohl mir der Steuermann durch Zupfen an meinem Ärmel bedeutete, daß dieselbe aus irgendeinem Grunde nicht wohl angebracht sei. Seine Befürchtungen waren jedoch unbegründet, denn der Fremde gab uns kopfschüttelnd zu verstehen, daß er sie unmöglich annehmen könne.

»Meine Freunde und ich sind Ihnen sehr verbunden,« sagte er, »aber wir haben unsere guten Gründe, da zu bleiben, wo wir sind. Die Hütte, die wir bewohnen, ist verlassen und teilweise zerstört; aber wir Orientalen haben uns dazu erzogen, ohne die vielen Dinge leben zu können, die in Europa als notwendig betrachtet werden. Wir glauben auch an den Spruch, daß wahrer Reichtum nicht im Besitz vieler Güter, sondern in der Fähigkeit, dieselben zu entbehren, besteht. Ein Fischer versorgt uns mit Brot und Kräutern: wir haben reines Stroh für unsere Lagerstätten. Was könnten wir uns sonst noch wünschen?«

»Aber Sie müssen nachts doch frieren, da Sie gerade aus den Tropen kommen,« bemerkte der Kapitän.

Ram Singh lächelte überlegen.

»Unsere Körper sind vielleicht zuweilen kalt. Wir haben es nicht gemerkt. Wir drei haben manche Jahre in den oberen Himalajas, an der Grenze des ewigen Schnees zugebracht und sind deshalb gegen derartige Unbequemlichkeiten nicht sehr empfindlich.«

»Dann erlauben Sie mir wenigstens,« sagte ich, »Ihnen etwas Fisch und Fleisch aus unserer Speisekammer zukommen zu lassen.«

»Wir sind keine Christen,« antwortete er, »sondern Buddhisten der höheren Schule. Wir behaupten, daß der Mensch kein sittliches Recht hat, einen Ochsen oder einen Fisch umzubringen, um seinen Gaumen zu kitzeln. Er hat ihnen nicht den Lebensodem eingeblasen und hat sicherlich keinen Erlaubnisschein vom Allmächtigen erhalten, ein Leben zu nehmen, außer in der dringendsten Notwendigkeit. Wir würden deshalb Ihre Gabe auf keinen Fall annehmen können, wenn Sie sie auch schickten.«

»Aber,« stellte ich ihm vor, »wenn Sie in diesem wechselnden und unfreundlichen Klima alle nahrhafte Speise von sich weisen, so werden Sie krank werden – Sie werden sterben!«

»Dann sterben wir!« antwortete er, ruhig lächelnd. »Und jetzt, Kapitän Meadows, muß ich Ihnen Lebewohl sagen und Ihnen für Ihre Freundlichkeit während der Reise danken. Leben Sie wohl, Steuermann, Sie werden vor Ablauf des Jahres Ihr eigenes Schiff befehligen. Hoffentlich werde ich Sie noch wiedersehen, ehe ich diese Gegend verlasse, Herr West. Gott befohlen!«

Er lüftete seinen roten Fez, neigte sein edles Haupt mit der hoheitsvollen Anmut, die allen seinen Bewegungen eigen war, und schritt in derselben Richtung davon, aus der er gekommen war.

»Lassen Sie sich beglückwünschen, Hawkins,« sagte der Kapitän zu dem Steuermann, als wir heimwärts gingen. »Sie werden also in Jahresfrist Ihr eigenes Schiff befehligen.«

»Wohl kaum!« antwortete der Steuermann, aber doch mit einem Lächeln der Befriedigung auf seinem mahagonibraunen Gesicht. »Man kann nie sagen, was geschehen wird. Was denken Sie von ihm, Herr West?«

»Ich interessiere mich sehr für ihn,« sagte ich. »Welch ein prachtvoller Kopf und welches ruhige Wesen für einen so jungen Mann! Ich denke, daß er nicht älter als dreißig ist.«

»Vierzig!« meinte der Steuermann.

»Wenigstens sechzig!« bemerkte der Kapitän. »Ich habe ihn vom ersten Afghanenkriege sprechen hören. Er war damals schon ein Mann, und das ist fast vierzig Jahre her.«

»Wunderbar!« rief ich aus. »Seine Haut ist so glatt, und seine Augen sind so klar wie meine. Er ist der Oberste der drei, ohne allen Zweifel.«

»Der Niedrigste,« sagte der Kapitän zuversichtlich. »Deshalb besorgt er alles Sprechen für sie. Ihre Geister sind zu erhaben, um sich zu bloßem weltlichen Geschwätz herabzulassen.«

»Sie sind das seltsamste Treibholz, das je an diese Küste gespült worden ist,« bemerkte ich. »Mein Vater wird sich sehr für sie interessieren.«

»Wahrhaftig, je weniger Sie mit ihnen zu tun haben werden, desto besser,« sagte der Steuermann. »Wenn ich je mein eigenes Schiff befehlige, verspreche ich Ihnen, daß ich nie derartiges Gelichter mitnehmen werde. Aber jetzt sind wir alle an Bord und die Anker gelichtet. Wir müssen Ihnen deshalb Lebewohl sagen.«

Der Wagen, welcher die Schiffbrüchigen nach Wigtown bringen sollte, war gerade voll, als wir ankamen; die Hauptplätze zu beiden Seiten des Kutschers waren für meine beiden Begleiter freigelassen.

Sie sprangen hurtig hinein, und die wackeren Kerle fuhren mit Hurra die Landstraße hinab, während mein Vater, Esther und ich auf dem Rasen standen und ihnen zuwinkten, bis sie auf dem Wege zum Wigtowner Bahnhofe hinter dem Cloomber-Gehölz verschwunden waren.

Wie ein nächtlicher Spuk lag der furchtbare Schiffbruch hinter uns; nur die Trümmer in der Bucht und am Strande legten noch Zeugnis davon ab, sowie eine Hütte auf Meilenentfernung am Strande, welche die drei orientalischen Passagiere barg, die der Sturm hier ans Land geworfen hatte.

Der Sturm? Wirklich nur der Sturm?

# ZWÖLFTES KAPITEL.

Während des Abendessens erzählte ich meinem Vater von den drei Buddhisten und, wie ich erwartet hatte, interessierte er sich sehr für sie. Als er jedoch gar hörte, in wie schmeichelhaften Worten Ram Singh von ihm gesprochen hatte und wie er seine philologischen Arbeiten zu würdigen wußte, wurde er so erregt, daß wir ihn kaum abhalten konnten davonzustürzen, um sofort die Bekanntschaft der Fremden zu machen.

Esther und ich waren erleichtert und froh, als wir es endlich fertig brachten, ihn auf sein Zimmer zu manövrieren, denn die aufregenden Ereignisse der letzten vierundzwanzig Stunden waren für seinen schwachen Körper und seine zarten Nerven zuviel gewesen.

Ich saß im Zwielicht auf unserer offenen Veranda und durchlebte im Geiste die unerwarteten Ereignisse, die so schnell an uns vorübergezogen waren, noch einmal – den Sturm, den Schiffbruch, die Rettung und den seltsamen Charakter der indischen Schiffbrüchigen – als meine Schwester leise zu mir herüber kam und ihre Hand in die meine legte.

»Kommt es dir nicht vor, John,« sagte sie mit ihrer sanften Stimme, »als ob wir unsere Freunde drüben in Cloomber vergäßen? Hat alle diese Aufregung uns unsere Befürchtungen und jede Gefahr aus dem Kopfe getrieben?«

»Aus dem Kopfe vielleicht, aber jedenfalls nicht aus dem Herzen!« antwortete ich lachend. »Aber du hast recht, meine Aufmerksamkeit ist von ihnen abgelenkt worden. Ich werde morgen hinübergehen und versuchen, sie zu sprechen. Nebenbei gesagt, ist morgen der verhängnisvolle 5. Oktober. Noch einen Tag, und alles wird gut sein!«

»Oder schlecht,« meinte meine Schwester düster.

»Was für ein kleiner Unglücksrabe du doch bist!« rief ich. »Was in aller Welt fehlt dir?«

»Ich bin nervös und niedergeschlagen,« antwortete sie und schmiegte sich zitternd an mich. »Es ist mir, als ob eine große Gefahr über den Häuptern unserer Lieben schwebte. Weshalb sollten sonst jene seltsamen Leute an unserer Küste zu bleiben wünschen?«

»Die Buddhisten?« fragte ich leichthin. »O, die Kerle haben fortwährend Fasttage und allerhand religiöse Zeremonien. Sie haben gute Gründe, hier zu bleiben, verlaß dich darauf.«

»Meinst du nicht auch,« flüsterte Esther angstvoll, »daß es höchst merkwürdig ist, daß diese Priester gerade jetzt von Ostindien herübergekommen sind? Hast du nicht aus allem, was du gehört hast, geschlossen, daß die Befürchtungen des Generals sich irgendwie an Ostindien und an Indier knüpfen?«

Diese Bemerkung machte mich nachdenklich.

»Nun du es erwähnst,« antwortete ich, »erinnere auch ich mich dunkel, daß das Geheimnis irgendwie mit einem Ereignis zusammenhängt, das sich in jenem Lande zugetragen hat. Ich bin aber sicher, daß deine Befürchtungen beim Anblick von Ram Singh schnell verschwinden würden. Er ist die fleischgewordene Weisheit und Wohltätigkeit selbst. Der bloße Gedanke, daß wir ein Schaf oder auch nur einen Fisch seinetwegen töten wollten, widerstrebte ihm; er würde lieber sterben, als einem Tiere das Leben nehmen, erklärte er.«

»Es ist vielleicht töricht von mir, so nervös zu sein,« sagte meine Schwester tapfer. »Aber eins mußt du mir versprechen, John: morgen früh gehst du nach Cloomber hinüber, und wenn du irgendeinen von ihnen zu sehen bekommst, erzählst du ihnen von unseren fremden Nachbarn. Sie sind besser imstande zu beurteilen, ob deren Gegenwart irgendwelche Bedeutung für sie hat oder nicht.«

»Ganz recht,« antwortete ich, während wir ins Haus gingen. »Du hast dich über diese vielen Vorgänge zu sehr aufgeregt und bedarfst dringend der Ruhe, um dich zu erholen. Ich werde jedoch tun, wie du sagst, und unsere Freunde können dann selbst urteilen, ob diese armen Teufel fortgeschickt werden müssen oder nicht.«

Ich gab das Versprechen, um die Befürchtungen meiner Schwester zu beschwichtigen; aber beim nächsten Tageslicht erschien mir die Idee, daß unsere armen vegetarischen Schiffbrüchigen irgendwelche dunklen Absichten im Schilde führen sollten, oder daß ihre Ankunft irgendwelche Wirkung auf die Bewohner von Cloomber haben könnte, geradezu lächerlich.

Ich war jedoch selbst begierig, etwas von den Heatherstones zu sehen, und ging deshalb nach dem Frühstück ins Schloß hinüber.

Bei ihrer Abgeschlossenheit war es unmöglich, daß sie etwas von den Vorkommnissen des vorigen Tages erfahren haben konnten. Ich sagte mir daher, daß, wenn ich auch den General träfe, er mich kaum als einen Eindringling betrachten würde, da ich so viel Neuigkeiten brachte.

Das Grundstück bot nach wie vor dasselbe eigentümliche öde und traurige Aussehen. Ich spähte durch die dicken Eisenstangen des Haupttores, konnte aber nichts von den Bewohnern wahrnehmen.

Eine der großen schottischen Fichten war durch den Sturm niedergerissen, und ihr langer, knorriger Stamm lag quer über die grasbewachsene Allee hingestreckt, ohne daß jemand den Versuch gemacht hatte, ihn beiseite zu schaffen. Die ganze Umgebung des Grundstückes bot dasselbe verlassene und vernachlässigte Bild wie in der ganzen letzten Zeit. Die einzige Ausnahme bildete der undurchdringliche Zaun, der für einen etwaigen Eindringling ein ebenso starkes wie drohendes Hindernis war.

Ich ging am Zaune entlang, bis ich zu unserem ehemaligen Schlupfloche kam, ohne daß ich eine Lücke hätte finden können, durch die ich das Haus zu sehen imstande gewesen wäre. Das Staket war so errichtet, daß jede einzelne Latte die vorhergehende überragte und so die Bewohner vor allen unberufenen Augen schützte.

An der alten Stelle jedoch, wo ich jenes unvergeßliche Zusammentreffen mit dem alten General gehabt hatte, als er mich mit seiner Tochter überraschte, fand ich, daß die beiden losen Latten so befestigt waren, daß eine Lücke von über zwei Zoll zwischen ihnen klaffte. Durch diese hatte ich eine Aussicht auf das Haus und den davorliegenden Rasenplatz. Obgleich ich weder dort noch an den Fenstern irgendein Lebenszeichen gewahrte, stellte ich mich auf meinem Posten auf, mit der Absicht, ihn nicht zu verlassen, bis ich mit irgendeinem der Schloßbewohner gesprochen hatte.

Das kalte, tote Aussehen des Hauses machte mich förmlich frösteln, während ich so dastand und nach dem alten Gebäude hinüberspähte, überlegend, ob es nicht das beste sei, über den Zaun zu klettern und mir lieber die Ungnade des Generals zuzuziehen, als ohne Nachrichten von den Heatherstones wieder fortgehen zu müssen.

Glücklicherweise brauchte ich dieses äußerste Mittel nicht anzuwenden, denn ich hatte noch keine halbe Stunde dagestanden, als ich das knarrende Geräusch eines Schlüssels in dem Schlosse vernahm und gleich darauf den General selbst aus dem Haupttore heraustreten sah.

Zu meiner Überraschung war er in voller Uniform – aber nicht in der jetzt bei der englischen Armee gebräuchlichen. Der rote Rock hatte einen fremdartigen Schnitt und war vom Wetter übel mitgenommen. Die Hosen, ursprünglich weiß, waren jetzt von schmutziggelber Farbe. Mit einer roten Schärpe über seiner Brust und einem geraden Degen an der Seite stand er da, als das lebende Bild eines ausgestorbenen Typus – des »John-Kompagnie«-Offiziers, wie er vor vierzig Jahren war.

Korporal Rufus Smith, der jetzt wohlgenährt aussah und gut gekleidet war, humpelte neben seinem Herrn her und schien sich eifrig mit ihm zu unterhalten. Ich bemerkte, daß von Zeit zu Zeit der eine oder der andere der beiden ängstlich um sich blickte, als wollten sie sorgfältig jeder Überraschung vorbeugen.

Ich hätte vorgezogen, mit dem General allein zu sprechen; aber da er sich nicht von seinem Gefährten trennen zu wollen schien, klopfte ich laut mit meinem Stock gegen die Planke, um ihre Aufmerksamkeit zu erregen. Sie fuhren beide herum, und ich konnte aus ihren Gesten sehen, daß sie beunruhigt und erschreckt waren. Ich streckte deshalb meinen Stock über den Zaun, um ihnen zu zeigen, woher das Geräusch kam. Daraufhin schritt der General langsam auf mich zu, mit der Miene eines Mannes, der sich auf alles gefaßt gemacht hat; der andere aber hielt ihn am Arme fest und bat ihn, nicht weiterzugehen. Erst als ich meinen Namen rief und sie versicherte, daß ich allein sei, konnte ich sie dazu bringen, sich mir zu nähern.

Einmal von meiner Identität überzeugt, kam der General eifrig auf mich zu und begrüßte mich mit der größten Herzlichkeit.

»Es ist wirklich sehr freundlich von Ihnen, West, daß Sie kommen,« sagte er. »Nur in solchen Zeiten kann man sehen, wer ein Freund ist und wer nicht. Es würde nicht schön von mir sein, wenn ich Sie zum Eintreten oder längeren Verweilen aufforderte, aber ich bin nichtsdestoweniger sehr erfreut, Sie zu sehen.«

»Ich bin sehr besorgt um Sie alle gewesen,« entgegnete ich, »denn es ist ziemlich lange her, seit wir etwas von Ihnen gehört oder gesehen haben. Wie ist's Ihnen inzwischen ergangen?«

»So gut man es erwarten konnte. Aber morgen wird es uns besser gehen. Wir werden morgen ganz andere Männer sein, nicht wahr, Korporal?«

»Zu Befehl!« sagte der Korporal, militärisch grüßend. »Wie neugeboren werden wir sein!«

»Der Korporal und ich sind gerade jetzt etwas beunruhigt,« erklärte der General, »aber ich zweifle nicht, daß sich die Sache schon machen wird. Es gibt doch nichts Höheres als die göttliche Vorsehung, und wir stehen alle in ihrer Hand. Und wie geht es Ihnen?«

»Wir sind sehr beschäftigt gewesen,« sagte ich. »Sie haben, vermute ich, nichts von dem großen Schiffbruch gehört?«

»Von dem Schiffbruch?« stammelte der General.

»Ja, vorgestern nacht strandete hier in der Bucht eine große Barke aus Ostindien –«

Wie gelähmt stockte ich, angesichts der Wirkung dieser Worte aus den General.

Das gelbe Gesicht des gegenwärtigen Bewohners von Cloomber-Hall wurde geradezu aschgrau, und seine Augen erweiterten sich in einer Weise, welche etwas Schreckhaftes hatte, indem er mit dem Ausdruck von Angst mich anstarrte.

»Aus Ostindien?« keuchte er, und wie eine Erlösung trafen mich diese Worte, trotz des nervös-heiseren Tones, mit dem er sie ausstieß.

»Ja,« beeilte ich mich zu bestätigen. »Die Mannschaft wurde glücklicherweise gerettet, und alle sind jetzt zu Land nach Glasgow weiterbefördert.«

»Alle weiterbefördert?« brachte der General leichenblaß hervor.

»Alle,« berichtigte ich, »ausgenommen drei seltsame Kerle, die Buddhisten zu sein behaupten. Sie haben sich entschlossen, einige Tage an der Küste hier zu verweilen.«

Die Worte waren kaum aus meinem Munde, als der General mit zum Himmel gestreckten Armen auf die Knie fiel.

»Dein Wille geschehe!« ächzte er. »Dein gerechter Wille geschehe!«

Ich konnte durch die Spalten sehen, daß der Korporal Rufus Smith ebenfalls bleich geworden war und sich den Angstschweiß von der Stirn wischte.

»Mein altes Pech!« sagte er. »Gerade jetzt, wo ich mich nach langen Irrfahrten weich gebettet habe!«

»Tut nichts, mein Junge!« sagte der General. Er stand auf und warf sich in die Brust, wie ein Mann, der nun erst auf alles vorbereitet ist. »Was auch geschehen mag, wir werden unserem

Schicksal begegnen, wie es britischen Soldaten geziemt. Weißt du noch, bei Chillianwallah, als du von deinen Kanonen nach unserem Karree laufen mußtest und die Sikhpferde auf unsere Bajonette losgedonnert kamen? Damals haben wir mit keiner Wimper gezuckt, und das wollen wir auch jetzt nicht tun. Es kommt mir vor, als ob ich mich besser befände als seit Jahren. Die Ungewißheit brachte mich um.«

»Und das höllische Gebimmel!« meinte der Korporal. »Na, wir gehen zusammen – das ist ein Trost!«

»Leben Sie wohl, West,« sagte der General. »Seien Sie gut gegen Gabriele, und geben Sie meiner armen Frau eine Heimat. Sie wird Ihnen nicht lange zur Last fallen, denke ich. Leben Sie wohl! Gott segne Sie!«

»Halt, Herr General!« entgegnete ich, kurzerhand eine Latte fortreißend, um mich besser verständlich machen zu können. »Das hat jetzt lange genug gedauert! Was sollen diese Anspielungen und Winke? Es ist Zeit, daß wir einander verstehen! Was fürchten Sie? Heraus mit der Sprache! Ihnen ist vor diesen Hindus bange? In diesem Falle kann ich sie, kraft meiner Autorität, als Vagabunden festnehmen lassen!«

»Nein, nein, das würde nicht angehen!« widersprach der General kopfschüttelnd. »Sie werden die ganze elende Geschichte schon früh genug erfahren. Mordaunt weiß, wo die darauf bezüglichen Papiere zu finden sind. Sie können ihn morgen darüber befragen.«

»Aber, wahrhaftig,« rief ich, »wenn die Gefahr so drohend ist, dann kann doch irgend etwas getan werden, um sie abzuwenden! Wenn Sie mir nur sagen wollten, was Sie fürchten, damit ich weiß, was ich zu tun habe.«

»Mein lieber Freund,« sagte er, »es kann nichts getan werden; beruhigen Sie sich deshalb, und lassen Sie den Dingen ihren Lauf. Es war Torheit meinerseits, mich hinter Mauern von Stein und Gitter von Holz zu verschanzen. Aber die Untätigkeit war mir schrecklich, und ich fühlte, daß irgendwelche Vorsichtsmaßregeln, wenn sie auch nutzlos sind, doch besser wären als duldendes Ergeben. Mein schlichter Freund hier und ich befinden uns in einer Lage, in die hoffentlich kein Sterblicher wieder geraten wird. Wir können uns der Gnade des Allmächtigen anbefehlen und hoffen, daß, was wir hier auf Erden erduldet haben, in der zukünftigen Welt zu unseren Gunsten sprechen wird. Ich muß Sie jetzt verlassen, da ich noch allerhand Papiere zu verbrennen und vielerlei zu ordnen habe. Gott befohlen!«

Er streckte seine Hand durch die Zaunöffnung und ergriff meine Hand zu einem ernsten Lebewohl; dann ging er, von dem invaliden Korporal gefolgt, mit gemessenen, festen Schritten nach dem Schloß zurück.

Ich kehrte verstört nach Branksome zurück und grübelte darüber nach, was für Schritte ich treffen sollte. Es war mir jetzt offenbar, daß der Argwohn meiner Schwester begründet war, und daß ein sehr enger Zusammenhang zwischen der Ankunft der drei Orientalen und der rätselhaften Gefahr, die Cloomber-Hall bedrohte, bestand.

Es wurde mir schwer, Ram Singhs edle Züge, sein sanftes vornehmes Wesen und seine weisen Sprüche mit irgendeiner Gewalttat in Verbindung zu bringen. Trotzdem konnte ich, wenn ich an seine buschigen Augenbrauen und die dunklen, durchdringenden Augen dachte, verstehen, daß sein einmal geweckter Zorn furchtbar sein mußte.

Ich fühlte, daß von allen Männern, die ich je gesehen, er derjenige war, dessen Mißfallen ich am wenigsten erregen mochte. Aber wie konnten zwei Männer von so verschiedener Art, wie der lästermäulige alte Artilleriekorporal und der ausgezeichnete anglo-indische General es waren, sich beide in gleicher Weise das Übelwollen dieser fremdartigen Schiffbrüchigen zugezogen haben? Und war die Gefahr eine wirkliche, körperliche, weshalb verbot mir der General dann, die drei Fremden festnehmen zu lassen?

Diese Frage konnte ich mir nicht beantworten; aber die feierlichen Worte und der schreckliche Ernst, den ich in den Mienen der beiden alten Soldaten bemerkt hatte, sagte mir, daß ihre Furcht nicht vollkommen grundlos sein konnte. Es war mir alles ein Rätsel. Nur eins war mir klar – und das war, daß ich bei meiner gegenwärtigen Unkenntnis der Verhältnisse und dem ausdrücklichen Verbot des Generals mich in keiner Weise einmischen konnte. Ich konnte nur warten und beten, daß die Gefahr, worin sie auch bestehen mochte, vorübergehen möge, oder daß wenigstens meine geliebte Gabriele und ihr Bruder davor bewahrt bleiben.

In Gedanken verloren, war ich bis an die Gittertür gekommen, durch die man den Rasen von Branksome betritt, als ich überrascht die Stimme meines Vaters in aufgeregter und lebhafter Unterhaltung laut werden hörte.

Der alte Mann hatte sich in der letzten Zeit allen alltäglichen Geschäften entzogen und war so vollständig in seinen Studien aufgegangen, daß es schwer war, seine Aufmerksamkeit überhaupt noch durch gewöhnliche, weltliche Dinge zu fesseln.

Neugierig zu erfahren, was ihn so außer sich gebracht hatte, öffnete ich vorsichtig die Tür und, leise um die Lorbeerbüsche herumgehend, fand ich zu meinem Erstaunen niemand andern bei ihm, als den, mit dem soeben auch meine Gedanken beschäftigt gewesen waren: Ram Singh, den Buddhisten.

Die beiden saßen zusammen auf einer Gartenbank, und der Orientale schien irgendeine gewichtige Hypothese darzutun, jeden Punkt an seinen langen, zitterigen, braunen Fingern abzählend, während mein Vater mit erhobenen Händen und erregtem Gesicht dastand und nicht müde wurde, laut zu widersprechen und alle möglichen Einwürfe zu machen.

So versenkt waren sie in ihren Streit, daß ich minutenlang unbemerkt dicht neben ihnen stand.

Sobald mich jedoch der Orientale gesehen hatte, stand er auf und begrüßte mich mit derselben vornehmen Höflichkeit und würdevollen Anmut, die am Tage vorher einen solchen Eindruck auf mich gemacht hatten.

»Ich versprach mir gestern das Vergnügen, Ihren Herrn Vater zu besuchen,« sagte er. »Wie Sie sehen, habe ich Wort gehalten. Ich bin waghalsig genug gewesen, einige seiner Ansichten über Sanskrit und indische Sprachen zu bezweifeln, mit dem Resultat, daß wir uns über eine Stunde lang herumgestritten haben, ohne einander zu überzeugen. Obwohl ich mir nicht die tiefe theoretische Kenntnis anmaße, die den Namen James Hunter West bei Orientalisten bekannt gemacht hat, habe ich zufällig diesem einen Punkte meine besondere Aufmerksamkeit gewidmet und kann wirklich sagen, daß ich weiß, daß seine Ansichten irrig sind. Ich versichere Ihnen, mein Herr, daß bis zum Jahre 700 oder sogar noch später Sanskrit die Volkssprache in dem größten Teile Ostindiens war.«

»Und ich versichere Ihnen,« entgegnete darauf mein Vater hitzig, »daß es zu der Zeit – ausgenommen bei den Gebildeten – tot und vergessen war. Diese benutzten es zu wissenschaftlichen und religiösen Zwecken – gerade wie Latein im Mittelalter gebraucht wurde, als es längst von keinem europäisches Volke mehr gesprochen wurde.«

»Wenn Sie die Puranas nachschlagen,« sagte Ram Singh, »werden Sie finden, daß diese allgemeine Annahme völlig unhaltbar ist.«

»Und wenn Sie den Râmâyana nachschlagen und besonders die kanonischen Bücher des Buddhismus,« rief mein Vater, »werden Sie finden, daß sie unanfechtbar ist.«

»Sehen Sie nur in der Kullavagga nach,« sagte der Besucher eifrig.

»Und Sie König Asoka!« rief mein Vater triumphierend. »Als er im Jahre 300 vor Christi Geburt – vor, bedenken Sie – die Gesetze Buddahs in die Felsen eingraben ließ, welcher Sprache bediente er sich da? Etwa des Sanskrit? Nein! Und weshalb nicht des Sanskrit? Weil die niederen Klassen seines Volkes kein Wort davon verstanden hätten. Das war der Grund. Wie wollen Sie diese Kundgebung des Königs Asoka widerlegen?«

»Er ließ sie in verschiedenen Dialekten einmeißeln,« antwortete Ram Singh. »Aber Energie ist ein zu kostbares Ding, um in dieser Weise in bloßem Winde vergeudet zu werden. Die Sonne hat den Meridian überschritten, und ich muß zu meinen Gefährten zurückkehren.«

»Es tut mir leid, daß Sie sie nicht mitgebracht haben,« sagte mein Vater höflich. Er war augenscheinlich besorgt, er möchte in der Hitze des Gefechts die Grenzen der Gastfreundschaft überschritten haben.

»Sie verkehren nicht mit der Außenwelt,« erwiderte Ram Singh, sich erhebend. »Sie stehen aus einer höheren Stufe als ich, und sind befleckenden Einflüssen gegenüber empfindlicher. Sie sind in eine sechsmonatliche Beschauung der Geheimnisse der dritten Fleischwerdung versunken, und zwar schon seit der Zeit, als wir Himalajas verließen. Ich werde Sie nicht wiedersehen, Herr Hunter West, und biete Ihnen deshalb Lebewohl. Ihr Greisenalter wird glücklich sein, wie Sie es verdienen, und Ihre orientalischen Studien werden von dauerndem Einflusse auf die Wissenschaft und Literatur Ihres Vaterlandes sein. Leben Sie wohl!«

»Und werde ich Sie auch nicht wiedersehen?« fragte ich.

»Wenn Sie mit mir den Strand entlang gehen wollen, ja,« antwortete er. »Aber Sie sind heute morgen schon so lange draußen gewesen, daß Sie müde sein müssen. Ich verlange zuviel von Ihnen.«

»Nein, ich gehe gern mit!« entgegnete ich. Und wir gingen, von meinem Vater eine kurze Strecke begleitet, fort.

Letzterer würde gern die Sanskritstreitfrage wieder eröffnet haben, wenn nicht sein Atem zu kurz gewesen wäre, um ihn zu gleicher Zeit gehen und sprechen zu lassen.

»Er ist ein gelehrter Mann,« bemerkte Ram Singh, als wir ihn zurückgelassen hatten, »aber er ist, wie mancher andere, unzugänglich für Meinungen, die von den seinen abweichen. Er wird eines Tages eines Besseren belehrt werden.«

Ich erwiderte nichts auf diese Bemerkung, und wir gingen eine Zeitlang schweigend nahe am Wasser entlang. Die Dünen, die sich an der Küste hinzogen, bildeten links eine ununterbrochene Kette und schnitten uns von aller Beobachtung ab, während sich zu unserer Rechten der weite Kanal erstreckte, dessen silberschimmernde Einförmigkeit kaum von einem Segel unterbrochen wurde.

Der Buddhistenpriester und ich waren allein. Ich konnte nicht umhin, zu denken, daß ich mich ganz und gar in seiner Macht befand, wenn er der gefährliche Mann war, für den ihn der Steuermann hielt, und wie man auch aus den Äußerungen des Generals Heatherstone schließen mußte. Aber aus seinem Antlitz leuchtete eine solche hoheitsvolle Güte und aus seinen Augen eine solche ungetrübte Heiterkeit, daß ich Furcht und Verdacht an mir vorüberziehen lassen konnte, wie die leichte Brise, die uns umfächelte. Seine Mienen mochten finster, sogar schrecklich sein, aber ich fühlte, daß er nie ungerecht sein konnte.

Als ich von Zeit zu Zeit sein edles Profil und den kohlschwarzen Bart ansah, fiel mir der Kontrast mit seinem Reiseanzug von grobgesponnenem Tweets unangenehm auf, und ich kleidete ihn in Gedanken in das prachtvolle orientalische Kostüm, das den passenden Rahmen für diese Gestalt bilden würde.

Er führte mich nach einer kleinen Fischerhütte, die schon vor einigen Jahren von ihrem Bewohner verlassen worden war und noch immer leer und kahl dastand. Das Dach war halb fortgeweht und Fenster und Türen in traurigem Zustande.

Diese Wohnung, vor welcher der armseligste schottische Bettler zurückgebebt wäre, hatten diese seltsamen Leute der Gastlichkeit unseres Gutes vorgezogen. Ein kleiner Garten, in dem jetzt eine Menge von wüstem Unkraut wucherte, lag davor, und durch dieses suchte sich mein Begleiter den Weg nach der zerfallenen Tür.

Er lugte hinein und winkte mir dann, ihm zu folgen.

»Sie haben jetzt Gelegenheit,« sagte er mit gedämpfter, ehrfurchtsvoller Stimme, »ein Schauspiel zu sehen, das wenige Europäer gesehen haben. In dieser Hütte werden Sie zwei Yogis finden – Männer, die nur noch eine Stufe von der des Adepten, der höchsten, entfernt sind. Sie befinden sich beide in einer erstaunlichen Verzückung; sonst würde ich nicht wagen, ihnen Ihre Anwesenheit aufzudrängen. Ihr Astralleib hat sie verlassen, um bei dem Lampenfest im heiligen Rudokkloster in Tibet anwesend zu sein. Treten Sie leise auf, damit Sie sie nicht vor Beendigung ihrer Andacht zurückrufen, indem Sie ihre körperlichen Funktionen in Tätigkeit setzen.«

Langsam auf den Zehenspitzen heranschleichend, nahm ich meinen Weg durch den von Unkraut überwucherten Garten und lugte sodann durch die offenstehende Tür.

Keinerlei Möbel waren in dem reizlosen Raum, noch sonst etwas, um den unebenen Boden zu bedecken, außer einem Haufen frischen Strohes in einer Ecke. Auf diesem Stroh hockten mit gekreuzten Beinen und auf die Brust gesunkenem Haupte zwei Männer, der eine klein und zusammengeschrumpft, der andere großknochig und hager. Keiner von beiden blickte auf oder nahm auch nur die geringste Notiz von unserer Anwesenheit. Sie waren so still und schweigend, daß man sie für zwei Bronzestatuen hätte halten können, wenn uns nicht ihr langsames, regelmäßigrhythmisches Atmen eines Besseren belehrt hätte. Ihre Gesichter hatten jedoch im Gegensatz zu dem gesunden Braun meines Begleiters eine aschgraue Farbe, und ich bemerkte, daß man nur das Weiße ihrer Augen sehen konnte, während die Pupille und Iris nach oben gedreht und von den Lidern verdeckt waren. Vor ihnen auf einer kleinen Matte befand sich ein irdener Krug voll Wasser und ein halber Laib Brot, sowie ein mit gewissen, kabbalistischen Zeichen bekritzeltes Blatt Papier.

Ram Singh sah sich dieses Bild an und winkte mir, mich zurückzuziehen; dann folgte er mir in den Garten hinaus.

»Ich soll sie nicht vor zehn Uhr stören,« sagte er. »Sie haben nun eines der großartigsten Resultate unserer geheimen Philosophie gesehen: nämlich die Trennung des Geistes vom

Körper. Die Seelen dieser heiligen Männer verweilen im gegenwärtigen Augenblick an den Ufern des Ganges; und diese Seelen sind mit einer dem wirklichen Körper so ähnlichen Hülle bekleidet, daß keiner der Gläubigen bezweifeln wird, Lal Hooms und Mowdar Rhan seien wirklich unter ihnen. Das bewirken wir durch unsere Kraft, einen Gegenstand in seine chemischen Atome zerlegen und dann diese Atome mit einer Schnelligkeit, die größer ist als die des Blitzes, nach einem gegebenen Punkte übertragen zu können; dort lassen wir sie niederschlagen und zwingen sie, ihre ursprüngliche Form wieder anzunehmen. Früher war es notwendig, den ganzen Körper auf solche Weise zu übertragen; aber wir haben seither entdeckt, daß es ebenso leicht und bequemer ist, nur so viel Materie abzusondern als nötig ist, um eine Art Schale oder äußeres Scheinbild des Körpers herzustellen. Dies haben wir als den Astralleib bezeichnet.«

»Aber wenn Sie Ihre Seelen so leicht transportieren können,« bemerkte ich, »weshalb werden diese dann überhaupt von einem Körper begleitet?«

Ram Singh lächelte überlegen.

»Wenn wir uns mit anderen Eingeweihten in Verbindung setzen, brauchen wir nur unsere Seelen; aber wollen wir mit gewöhnlichen Menschen in Berührung kommen, so müssen wir in einer Gestalt erscheinen, die sie sehen und begreifen können.«

»Ich interessiere mich außerordentlich für alles, was Sie mir mitgeteilt haben,« sagte ich, als er mir zum Abschied die Hand reichte. »Ich werde oft an unsere kurze Bekanntschaft denken.«

»Sie werden großen Vorteil daraus ziehen,« sagte er langsam, noch immer meine Hand haltend, indem er mir ernsthaft und traurig in die Augen sah. »Sie müssen bedenken, daß etwaige spätere Ereignisse nicht deshalb schrecklich sind, weil sie sich nicht mit Ihren Vorurteilen von gut und böse decken. Urteilen Sie nicht hastig. Es gibt gewisse Gesetze, die durchgeführt werden müssen. Wie sehr auch einzelne darunter leiden mögen. Die Wirkung derselben mag Ihnen hart und grausam erscheinen; aber das kann hier nicht in Betracht kommen. Der Ochse und das Schaf sind sicher vor uns, aber der Mann, an dessen Händen das Blut des Höchsten klebt, darf und wird uns nicht entrinnen!«

Er erhob bei den letzten Worten seine Hände zu einer zornigen, drohenden Gebärde; dann wandte er sich ab und schritt nach der zerfallenen Hütte zurück.

Ich schaute ihm nach, bis er hinter der Tür verschwunden war, und machte mich dann erst auf den Heimweg, wobei ich über alles Gehörte und besonders über den letzten Zornesausbruch des mystischen Philosophen nachgrübelte. Fernhin zur Rechten konnte ich den hohen, weißen Turm von Cloomber sehen, wie er sich scharf gezeichnet und klar von dem dunklen Hintergrunde abhob. Ich dachte daran, wie sehr mancher zufällig des Weges daherkommende Wanderer in seinem Herzen die Bewohner jenes Prachtgebäudes beneidete, weil er die unheimlichen Schrecknisse und die namenlosen Gefahren nicht ahnte, die über ihren Häuptern schwebten.

Die schwarze Wolkenmasse am Himmel schien mir das Vorzeichen eines noch grausigeren Sturmes zu sein, als der war, der hier vor zwei Nächten getobt hatte – eines Sturmes, der eine furchtbare Katastrophe zu bringen bestimmt war.

»Entsetzlich! Entsetzlich!« seufzte ich. »Gott gebe nur, daß es nicht die Unschuldigen mit den Schuldigen trifft! Denn ich zermartere mir vergebens mein Hirn, was es sein kann – was, o was nur?« –

Als ich nach Hause kam, gärte es in meinem Vater noch über den Streit, den er mit dem Fremden gehabt hatte.

»Ich hoffe, John,« sagte er, »daß ich ihn nicht zu barsch angefaßt habe. Allein, da er einen unhaltbaren Standpunkt einnahm, konnte ich mich nicht enthalten, ihn anzugreifen und ihn daraus zu vertreiben, und das ist mir auch gelungen. Da dir die Feinheiten der Frage entgangen sind, bist du es nicht gewahr geworden. Du wirst aber bemerkt haben, daß mein Hinweis auf König Asokas Edikte so überzeugend war, daß er sofort aufstand und sich verabschiedete.«

»Du hast dich wacker gehalten,« antwortete ich, »aber welchen Eindruck hat der Mann auf dich gemacht, jetzt, wo du ihn selbst gesehen hast?«

»Er ist einer jener heiligen Männer,« sagte mein Vater, »die unter den Namen Samasis, Yogis, Sevras, Zualandes, Hakims und Cusis ihr Leben dem Studium der Geheimnisse des buddhistischen Glaubens gewidmet haben. Er ist vermutlich ein Theosoph oder Anbeter des Gottes der Erkenntnis, dessen Entwicklung im Adepten gipfelt. Dieser Mann und seine Begleiter haben diese hohe Stellung anscheinend noch nicht erreicht. Sie sind wahrscheinlich vorgeschrittene Chelas, die mit der Zeit die höchste Ehre des Adeptentums zu erlangen hoffen.«

»Aber, Vater,« unterbrach ihn meine Schwester, »das erklärt uns doch nicht, weshalb Leute von solcher Kenntnis und Heiligkeit hierher kommen sollten, um sich am Strande einer verlassenen schottischen Bucht niederzulassen.«

»Ah, da fragst du mich zuviel!« antwortete mein Vater. »Ich bin der Ansicht, daß das ihre eigene Angelegenheit ist, solange sie Frieden halten und sich den Gesetzen des Landes fügen.«

»Hast du je davon gehört,« fragte ich, »daß diese höheren Priester, von denen du sprichst, uns unbekannte Kräfte besitzen?«

»Die orientalische Literatur strotzt von Beweisen dafür. Die Bibel ist ein orientalisches Buch, und finden wir darin nicht von Anfang bis zu Ende Erzählungen von solchen Kräften? Es ist außer Frage, daß man in vergangener Zeit viele Geheimnisse der Natur gekannt hat, die uns seither verloren gegangen sind. Ich kann jedoch nicht sagen, ob die modernen Theosophen die Kräfte, die sie sich zuschreiben, wirklich besitzen.«

»Sind es rachsüchtige Leute?« fragte ich. »Gibt es irgendein Vergehen bei ihnen, das nur mit dem Tode gesühnt werden kann?«

»Nicht, daß ich wüßte,« entgegnete mein Vater, indem er überrascht die Augenbrauen hochzog. »Du scheinst dich heute nachmittag in einer neugierigen Stimmung zu befinden. Was ist der Zweck dieser vielen Fragen? Haben unsere orientalischen Nachbarn irgendwie deine Wißbegierde geweckt?«

Ich parierte die Frage so gut ich konnte, denn ich wollte den alten Mann nicht beunruhigen. Gutes konnte von seiner Mitwissenschaft nicht kommen; sein Alter und seine Gesundheit verlangten auch eher Ruhe als Aufregung, und mit dem besten Willen der Welt würde es mir schwer geworden sein, ihm zu erklären, was mir selbst dunkel war. Ich hatte daher alle Ursache, ihn über die Sachlage im unklaren zu lassen. Nie in meinem Leben ist mir ein Tag so langsam vergangen wie jener 5. Oktober. Auf alle mögliche Weise versuchte ich, die langweiligen Stunden totzuschlagen, und doch schien es mir, als ob es nimmer dunkel werden wollte.

Ich versuchte zu lesen, ich versuchte zu schreiben; ich ging um den Rasen herum, ich ging die Landstraße auf und ab, steckte frische Fliegen an meine Angelhaken und fing an, meines Vaters

Bibliothek zu ordnen; – auf dutzenderlei Arten trachtete ich die Spannung, die mir nachgerade unerträglich wurde, zu lindern.

Meine Schwester litt offenbar unter derselben fieberhaften Ruhelosigkeit. Immer und immer wieder tadelte uns unser guter Vater in seiner milden Weise wegen unseres außergewöhnlichen Benehmens, durch welches er fortwährend in seiner Arbeit gestört wurde.

Endlich wurde der Tee aufgetragen, wurden die Vorhänge niedergelassen, die Lampen angezündet und nach einem weiteren unendlich langen Zwischenraum die Gebete gelesen und die Bediensteten auf ihre Zimmer entlassen. Mein Vater mischte dann seine allabendliche Portion Toddy und schlürfte hierauf nach seiner Kammer, während wir beide – Esther und ich – im Wohnzimmer zurückblieben. Unsere Nerven waren aufs äußerste angespannt und unsere Gedanken voll der unklarsten und doch schrecklichsten Befürchtungen.

# DREIZEHNTES KAPITEL

Die Uhr im Zimmer zeigte ein Viertel nach zehn, als mein Vater auf sein Zimmer ging und Esther und mich allein ließ. Wir hörten das Geräusch seiner langsamen Schritte auf den ächzenden Treppenstufen ersterben, bis das Zuschlagen einer Tür uns verkündete, daß er sein Heiligtum erreicht hatte. Die einfache Öllampe auf dem Tische verbreitete in dem alten Gemach ein ungewisses, unheimliches Licht, das auf dem geschnitzten Eichengetäfel umherflackerte und phantastische Schatten hinter den hohen geradrückigen Stühlen bildete.

Das weiße, ängstliche Gesicht meiner Schwester hob sich von der Dunkelheit wie ein Rembrandtsches Porträt mit scharfgezeichnetem Profil ab. Wir saßen zu beiden Seiten des Tisches einander gegenüber; kein Laut störte das Schweigen! Man hörte nur das eintönige Ticken der Uhr und das Zirpen der Heimchen auf dem Herde.

Es lag etwas Schauriges in dieser Ruhe. Das Pfeifen eines verspäteten Bauern auf der Landstraße war uns eine Erleichterung, und wir strengten unsere Ohren an, um seine letzten Töne zu vernehmen, als er stetig weiterstakte.

Anfänglich hatten wir versucht, uns den Anschein einer Beschäftigung zu geben. Esther häkelte und ich las; wir gaben dieses nutzlose Trugspiel aber bald auf und saßen in banger Erwartung da, auffahrend und einander mit fragenden Augen anstarrend, wenn nur ein Scheit im Kamin knisterte oder eine Maus hinter dem Getäfel raschelte.

Die Luft war wie elektrisch geladen und bedrückte uns mit dem Vorgefühl eines drohenden Unheils.

Ich erhob mich und öffnete die Dielentür, um die frische Nachtbrise hereinzulassen. Zerfetzte Wolken fegten am Himmel entlang. Dann und wann lugte der Mond hindurch und badete die ganze Landschaft in seinem kalten bleichen Lichte.

Von meinem Standpunkte auf der Türschwelle aus konnte ich den Saum des Cloomber Gehölzes sehen; das Haus selbst wurde erst von der kleinen Anhöhe, eine kurze Strecke von unserem Hause entfernt, sichtbar. Auf meiner Schwester Vorschlag gingen wir zusammen, sie mit einem Schal über dem Kopfe, bis zu der Spitze der Anhöhe und schauten nach dem Schloß hinüber.

Es war heute kein Licht hinter den Fenstern. Vom Giebel bis zum Keller schimmerte nicht ein einziges Licht in irgendeinem Teile des großen Gebäudes. Düster ragte der alte Bau hinter den ihn umgebenden Bäumen empor und sah mehr einem Riesensarge als einer menschlichen Wohnung ähnlich. Für unsere überreizten Nerven lag schon in seiner dunklen Masse und Ruhe etwas Schreckliches. Eine Zeitlang standen wir und spähten in die Dunkelheit hinaus; dann kehrten wir ins Haus zurück, wo wir warteten und warteten, ohne selbst zu wissen, auf was, und doch mit der felsenfesten Überzeugung, daß uns etwas Furchtbares bevorstand. Es war zwölf Uhr oder nahe daran, als meine Schwester plötzlich aufsprang und mir mit erhobenem Finger bedeutete, zu horchen.

»Hörst du nichts?« fragte sie.

Ich strengte meine Ohren an, aber ohne Erfolg.

»Komm an die Tür!« rief sie mit zitternder Stimme.

Ich folgte ihr an die Haustür, die sie öffnete, und horchte in die Finsternis hinaus.

»Kannst du jetzt etwas hören?« fragte mich Esther.

In dem tiefen Schweigen der Nacht hörte ich von weitem deutlich ein dumpfes Geräusch, sehr schwach und leise, aber andauernd.

»Was ist das?« fragte ich gedämpft.

»Es ist ein Mensch, der auf uns zu gelaufen kommt!« antwortete sie. Dann fiel sie, den letzten Schein von Selbstbeherrschung abwerfend, auf die Knie und fing an laut zu beten, mit dem halb wahnsinnigen Ernste, den die höchste, übermächtige Furcht in uns hervorrufen kann, von Zeit zu Zeit in ein hysterisches Weinen verfallend.

Ich konnte das Geräusch jetzt deutlich genug unterscheiden, um gewiß zu sein, daß ihre scharfe, weibliche Wahrnehmungskraft sie nicht getäuscht hatte und daß es wirklich von einem laufenden Menschen herrührte. Näher und näher kam er, die Landstraße herunter. Seine Schritte wurden mit jedem Augenblick lauter und lauter hörbar. Ein eiliger Bote mußte es sein, denn er ruhte weder noch verlangsamte er seinen Lauf.

Das schnelle, scharfe Geklapper wurde plötzlich zu einem dumpfen Stampfen; er hatte zweifelsohne die Stelle erreicht, wo kürzlich auf eine Strecke von etwa hundert Ruten Sand geschüttet worden war. In wenigen Augenblicken war er jedoch wieder auf hartem Boden, und näher und näher stürmten seine eilenden Füße.

Er muß jetzt, dachte ich, am Ende des Gartenweges sein. Würde er anhalten? Würde er sich nach Branksome wenden?

Der Gedanke war mir kaum gekommen, als ich an dem veränderten Geräusch hören konnte, daß der Läufer um die Ecke gebogen war und daß sein Ziel ohne Zweifel das Gutshaus zu sein schien.

Auf die Gartentür losstürzend, erreichte ich diese gerade, als unser Besucher sie aufriß und mir in die Arme fiel. Ich konnte in dem Mondenschein jetzt sehen, daß der Ankömmling kein anderer war als Mordaunt Heatherstone.

»Mein Gott,« rief ich aus, »was ist geschehen? Was fehlt dir, Mordaunt?«

»Mein Vater!« war alles, was er hervorzukeuchen imstande war. »Mein Vater!«

Nie in meinem Leben werde ich den Eindruck vergessen, den der Anblick des Sohnes des unglücklichen General Heatherstone in dieser furchtbaren Nacht auf mich machte. Ohne Hut, mit vor Angst weit aufgerissenen Augen und blutleerem Gesicht stand er vor uns.

»Du bist erschöpft,« sagte ich, indem ich ihn in das Wohnzimmer geleitete. »Ruhe dich einen Augenblick aus, ehe du zu uns sprichst. Beruhige dich! Du bist ja bei deinen besten Freunden!«

Ich legte ihn auf das alte Pferdehaarsofa, während Esther, deren Angst jetzt, da es galt, schneller Entschlossenheit gewichen war, etwas Kognak in ein Glas schenkte und ihn nötigte, davon zu trinken.

Das Getränk übte eine wunderbare Wirkung auf ihn, die Farbe kehrte sofort in seine bleichen Wangen zurück. Er richtete sich auf und erfaßte Esthers Hand wie ein Mann, der aus einem schweren Traum erwacht und sich vergewissern will, daß er wirklich in Sicherheit ist.«

»Dein Vater?« fragte ich. »Nun sprich! – Was ist mit ihm?«

»Er ist fort!« stieß Mordaunt aus.

»Fort?« wiederholten Esther und ich zugleich.

»Ja!« antwortete Mordaunt kopfnickend. »Er ist fort und der Korporal Rufus Smith mit ihm! Wir werden sie nie wiedersehen!«

»Aber wohin sind sie gegangen?« rief ich. »Haben wir ein Recht, hier zu sitzen und uns persönlichen Gefühlen zu überlassen, während eine Möglichkeit besteht, deinem Vater zu Hilfe zu eilen? Folgen wir ihm! Sage mir nur, welche Richtung er genommen hat!«

»Es hat keinen Zweck!« entgegnete der junge Heatherstone, sein Gesicht mit beiden Händen verbergend. »Tadle mich nicht, West, denn du kennst die näheren Umstände noch nicht. Wir können uns den furchtbaren, unbekannten Gewalten, die uns gegenübertreten, nicht widersetzen. Das Schwert hat lange über uns gehangen, und jetzt ist es gefallen. Gott helfe uns.«

»Um des Himmels willen, sage mir doch wenigstens, was geschehen ist!« rief ich aufgeregt. »Wir dürfen uns nicht der Verzweiflung hingeben!«

»Wir können vor Tagesanbruch nichts tun,« entgegnete er. »Wir werden dann versuchen, Spuren von ihnen zu entdecken – augenblicklich, in der Dunkelheit, ist es hoffnungslos.«

»Und Gabriele und Frau Heatherstone?« fragte ich. »Können wir die nicht sofort vom Schlosse hierher bringen? Deine arme Schwester muß vor Angst außer sich sein!«

»Sie weiß nichts davon,« antwortete Mordaunt. »Sie schläft auf der anderen Seite des Hauses und hat nichts von allem gehört und gesehen. Was aber meine arme Mutter anbelangt, so hat sie ein ähnliches Ereignis so lange erwartet, daß es sie nicht mehr überrascht. Sie ist natürlich vor Kummer außer sich, aber ich glaube, daß sie gerade jetzt am liebsten allein bleibt. Ihre Festigkeit und Ruhe sollten mir als Vorbild dienen; aber ich bin von Natur aus leicht aufgeregt, und diese Katastrophe, die nach jahrelangem Warten endlich eingetroffen ist, hat mich in ihrer bloßen Erwartung zeitweilig schon aller meiner Vernunft beraubt!«

»Wenn wir wirklich bis morgen früh nichts tun können, so hast du Zeit, uns jetzt alles zu erzählen,« warf ich ein.

»Ich werde es tun,« erwiderte er mit müdem Tonfall, sich erhebend und seine bebenden Hände ans Feuer haltend. »Ihr wißt, daß wir schon seit langer Zeit – seit vielen Jahren schon – Grund hatten, zu fürchten, daß eine schreckliche Vergeltung über dem Haupte meines Vaters hinge, für irgendeine Untat, die er in seiner Jugend begangen haben mußte. Bei diesem Verbrechen hatte er den unter dem Namen Korporal Rufus Smith bekannten Mann zum Genossen. Das Auffinden meines Vaters durch letzteren war deshalb für ihn eine Warnung, daß seine Zeit abgelaufen wäre, und daß der diesmalige 5. Oktober, der Jahrestag des Verbrechens, der Tag der Vergeltung sein würde. Ich habe euch von unseren Befürchtungen in meinem Briefe erzählt, und wenn ich nicht irre, hatte mein Vater eine Unterredung mit dir, West. Als ich gestern morgen sah, daß er die alte Uniform, die er seit dem Afghanenkriege aufbewahrte, wieder hervorgestöbert hatte, war ich gewiß, daß das Ende nahe sein müsse und daß unsere Befürchtungen diesmal verwirklicht werden würden. Nachmittags erschien er gefaßter, als ich ihn seit Jahren gesehen habe, und erzählte allerlei von seinem Leben in Indien und von seinen Jugenderlebnissen. Um neun Uhr schon schickte er uns auf unsere Zimmer und schloß uns ein – eine Vorsichtsmaßregel, die er häufig traf, wenn er an seinen finsteren Anfällen litt. Es war immer sein Bestreben, den Fluch, der auf sein eigenes unseliges Haupt gefallen war, von uns fernzuhalten. Ehe er von uns schied, umarmte er meine Mutter und Gabriele zärtlich und folgte mir dann auf mein Zimmer, wo er mir liebevoll die Hand schüttelte und mir ein kleines Paket übergab, das an dich adressiert ist.«

»An mich?« unterbrach ich ihn erstaunt.

»An dich, ja!« bestätigte Mordaunt. »Ich werde meinen Auftrag, es dir zu geben, ausführen, nachdem ich euch meine Geschichte erzählt habe. Ich beschwor ihn, mir zu erlauben, bei ihm zu bleiben und etwaige Gefahren mit ihm zu teilen; aber er flehte mich mit unwiderstehlicher Gewalt an, sein Elend nicht noch zu vergrößern, indem ich seine Vorkehrungen durchkreuze. Als ich sah, daß ich ihn durch meine Hartnäckigkeit wirklich bekümmerte, gab ich endlich nach. Er schloß darauf meine Tür von außen zu und zog den Schlüssel hinter sich ab. Ich werde mir zeitlebens meiner Willensschwäche wegen Vorwürfe machen. Aber was konnte ich tun, wenn mein eigener Vater sich meinen Beistand und meine Hilfe verbat? Ich konnte sie ihm nicht aufzwingen.«

»Ich bin gewiß, daß du alles, was in deiner Kraft lag, getan hast!« sagte meine Schwester zu ihm.

»Ich versuchte es, liebe Esther,« versetzte Mordaunt, »aber Gott weiß, es war schwer, das Richtige zu treffen. Er verließ mich, und ich hörte seine Schritte auf dem langen Korridor verhallen. Es war vielleicht um zehn Uhr oder etwas später. Eine Zeitlang ging ich im Zimmer auf und ab; dann setzte ich die Lampe an das Kopfende meines Bettes und warf mich, angekleidet wie ich war, auf das letztere, um in Thomas a Kempis zu lesen und von ganzem Herzen zu beten, daß diese bedeutungsvolle Nacht trotz unserer Angst glücklich vorübergehen möge. Ich war schließlich in einen unruhigen Schlummer verfallen, als ich plötzlich durch einen lauten, hallenden Schrei, der mir gellend in den Ohren klang, geweckt wurde. Ich fuhr verwirrt in die Höhe, aber tiefes Schweigen herrschte wieder. Die Lampe brannte niedrig und meine Uhr zeigte mir, daß Mitternacht nahe war. Ich stolperte aus dem Bette und war eben im Begriff, ein Zündholz anzustecken, um die Kerzen anzuzünden, als der scharfe, gellende Schrei sich wiederholte, so laut, so klar, als ob er in meinem eigenen Zimmer erklänge. Meine Kammer liegt vorn im Schlosse, während die Zimmer meiner Mutter und meiner Schwester Fenster nach hinten hinaus haben, so daß ich der einzige bin, der einen freien Ausblick auf die Allee hat. Ich stürzte ans Fenster, warf die Läden zurück und starrte hinaus. Ihr wißt, daß der Fahrweg sich verbreitert und unmittelbar vor dem Hause einen weiten Platz bildet. In der Mitte dieses leeren Platzes standen drei Männer, welche zu dem Schlosse hinaufschauten. Der Mond beschien sie voll; sein Licht glitzerte in ihren emporgehobenen Augen, und ich konnte sehen, daß sie von bräunlicher Gesichtsfarbe und ganz schwarzhaarig waren, von einem Typus, wie ich ihn bei den Sikhs und Afreedees genugsam kennen gelernt habe. Zwei von ihnen waren von abgezehrtem, asketischem Aussehen, während der dritte königlich und hoheitsvoll dastand mit seiner edlen Gestalt und seinem langen Barte.«

»Ram Singh,« stieß ich hervor.

»Was, du kennst sie?« rief Mordaunt überrascht.

»Ich kenne sie. Es sind Buddhistenpriester,« antwortete ich. »Aber – fahre fort!«

»Sie standen in einer Reihe,« erzählte er weiter, »und schwenkten ihre Arme auf und ab, während ihre Lippen sich wie in einem Gebet oder bei einer Beschwörung bewegten. Plötzlich hörten sie auf zu gestikulieren und stießen zum drittenmal den wilden, grausigen Schrei aus, der mich aus dem Schlummer geweckt hatte. Nimmer werde ich jenen schrillen, schaurigen Ruf vergessen, wie er anschwellend durch die stille Nacht erklang. Jetzt noch schallt mir sein Echo in den Ohren, gleichwie alles, was nun folgte.«

Die Allgewalt des soeben erst Erlebten ließ den jungen Erzähler unter einem heftigen Schauder erbeben, bevor er fortfuhr: »Sobald der Schrei erstarb, ward ein Rasseln und Kreischen wie von Schlüsseln und Riegeln, gefolgt von dem Zuschlagen einer Tür und dem Getrappel eilender Füße, hörbar. Von meinem Fenster aus sah ich meinen Vater und Korporal Rufus Smith hastig aus dem Hause stürzen, ohne Hut und mit wirrem Haar, wie Männer, die einem plötzlichen, übermächtigen Antrieb gehorchen. Die drei Fremdlinge legten keine Hand an sie, aber alle fünf schritten eilig die Allee entlang und verschwanden hinter den Bäumen. Ich bin gewiß, daß keine Gewalt gebraucht oder irgendein sichtbarer Zwang ausgeübt wurde; aber ebenso sicher bin ich, daß mein Vater und sein Begleiter gerade so hilflos waren, wie wenn sie gefangen in Handschellen fortgeschleppt worden wären. Alles das nahm nur wenig Zeit in Anspruch. Zwischen dem ersten Ruf, der mich aus dem Schlafe weckte, und ihrem schattenhaften Verschwinden hinter den Baumstämmen konnten kaum fünf Minuten verflossen sein. So plötzlich war es und so seltsam, daß ich, als das Drama sich abgespielt hatte und sie fort waren, das ganze Ereignis als einen schrecklichen Traum betrachtet hätte, wenn der Eindruck nicht zu wirklich, zu lebhaft gewesen wäre, um lediglich erregter Einbildungskraft zugeschrieben werden zu können. Ich warf mich mit meinem ganzen Gewicht gegen meine Kammertür, in der Hoffnung, das Schloß losbrechen zu können. Es bot eine Zeitlang Widerstand, aber immer und immer wieder warf ich mich dagegen, bis es krachend zerbrach und ich mich auf dem Korridor befand. Mein erster Gedanke galt meiner Mutter. Ich lief nach ihrer Kammer und öffnete die Tür. In demselben Augenblick trat sie auch schon völlig angekleidet aus den Flur hinaus und hielt warnend ihren Finger empor. Kein Geräusch! sagte sie. Gabriele schläft. Hat man sie fortgerufen?

Ja, antwortete ich.

Gottes Wille geschehe! rief sie. Dein Vater wird in der anderen Welt glücklicher sein als er jemals in dieser gewesen ist. Gott sei Dank, daß Gabriele schläft. Ich tat Chloral in ihren Kakao.

Was soll – was kann ich tun? fragte ich außer mir. Wohin sind sie gegangen? Wie kann ich ihnen helfen? Wir dürfen ihn nicht so von uns gehen oder jene Männer nach Belieben mit ihm verfahren lassen. Soll ich nach Wigtown reiten und die Polizei rufen?

Alles andere eher als das, entgegnete meine Mutter ernst. Er hat mich oft genug gebeten, das zu vermeiden. Mein Sohn, wir werden deinen Vater nicht wiedersehen. Du magst dich über meine trockenen Augen wundern, aber wenn du nur wie ich wüßtest, welchen Frieden der Tod ihm bringen wird, du würdest nicht das Herz haben, ihn zu betrauern. Alles Verfolgen ist, ich fühle es, vergebens; trotzdem muß etwas Derartiges geschehen; laß es aber so geheim wie möglich sein. Wir können ihm nicht besser dienen, als wenn wir seinen Wünschen Folge leisten.

Aber jede Minute ist kostbar! rief ich. Gerade jetzt ruft er vielleicht nach uns, um ihn aus den Krallen jener dunkelhäutigen Teufel zu befreien.

Der Gedanke machte mich so rasend, daß ich aus dem Hause und auf die Landstraße stürzte. Aber dort angelangt, hatte ich keine Ahnung, wohin ich mich wenden sollte. Das ganze weite Moor lag vor mir ohne ein Zeichen von Bewegung auf seiner breiten Fläche. Ich horchte, aber kein Laut durchbrach die Stille der Nacht. Als ich dann dort stand und nicht wußte, nach welcher Richtung ich gehen sollte, dämmerte mir der ganze Schrecken und meine Verantwortlichkeit auf. Ich fühlte, daß ich gegen Mächte kämpfte, von denen ich nichts wußte. Alles war fremdartig und düster und schaurig. Der Gedanke an dich und an die Hilfe, die ich von dir und deinem Rate zu erwarten hatte, war mein einziger Hoffnungsstrahl. Meine Mutter war zufrieden, allein gelassen zu werden; meine Schwester schlief, und es war ganz undenkbar, daß vor Tagesanbruch etwas getan werden konnte. Was war unter solchen Umständen natürlicher, als daß ich zu euch hierher lief, so schnell meine Füße mich tragen wollten? Du hast einen klaren Kopf, John. Sprich und sage mir, was ich tun soll. Oder, Esther, sage du mir, was soll ich tun?« Er wandte sich von einem zum andern mit ausgestreckten Händen und eifrig fragenden Augen.

»Du kannst nichts tun, solange es dunkel ist,« antwortete ich. »Wir müssen die Sache der Wigtowner Polizei berichten, damit dem Gesetz Genüge geleistet werde: aber wir brauchen ihnen die Botschaft nicht zu senden, bevor wir nicht unseren Marsch angetreten und geheime Untersuchungen angestellt haben. John Fullerton, jenseits des Hügels, hat einen Spürhund, der so gut wie ein Bluthund ist. Wenn wir den auf die Spur des Generals setzen, so wird er ihn finden, und wenn er ihm bis nach John o'Groats folgen muß.«

»Aber es ist zu schrecklich, hier stillsitzen zu müssen, während er vielleicht unserer Hilfe bedarf!« stöhnte Mordaunt.

»Ich fürchte, unsere Hilfe würde ihm unter den von dir geschilderten Umständen wenig nützen,« versetzte ich. »Es sind hier Mächte im Spiele, die über menschliches Eingreifen erhaben sind. Außerdem bleibt uns keine Wahl. Wir besitzen kein Anzeichen, wohin sie gegangen sein können; und ziellos in der Dunkelheit über das Moor zu streifen, wäre eine Vergeudung der Kräfte, die wir morgen früh werden besser gebrauchen können. Um fünf Uhr wird es hell sein. In etwa einer Stunde können wir zusammen über den Hügel gehen und Fullertons Hund holen!«

»Noch eine Stunde!« stöhnte Mordaunt wieder. »Und jede Minute kommt mir wie eine Ewigkeit vor!«

»Lege dich aufs Sofa und ruhe dich aus,« sagte ich. »Du kannst deinem Vater nicht besser dienen, als indem du alle deine Kräfte sammelst. Wir haben vielleicht einen mühseligen Marsch vor uns. Aber du erwähntest vorhin ein Paket, das der General dir gegeben und für mich bestimmt hätte.«

»Hier ist es!« antwortete Mordaunt, ein kleines, plattes Paket aus der Tasche ziehend und es mir reichend. »Du wirst zweifelsohne finden, daß es alles erklärt, was dir bisher geheimnisvoll vorkam.«

Das Paket war an beiden Enden zugesiegelt, und auf dem Siegel war ein fliegender Drache, des Generals Wappen, sichtbar. Es war ferner mit einem breiten Bande verschlossen, das ich mit meinem Taschenmesser zerschnitt. Auf der Außenseite stand in kühnen Zügen geschrieben: »J. Fothergill West, Esq.«, und darunter »Diesem Herrn im Falle des Verschwindens oder Todes des Generalmajors J. B. Heatherstone, ehemaligen Offiziers der indischen Armee, einzuhändigen«.

Endlich sollte ich also das dunkle Geheimnis kennen lernen, das seine Schatten auch auf mein Leben geworfen hatte. Ich hielt die Lösung in meinen Händen.

Eifrig erbrach ich das Siegel und entfernte die Umhüllung. Ein Brief und ein kleines Bündel verblaßter Papiere lagen darin. Ich zog die Lampe zu mir herüber und öffnete den Brief. Er war vom vorigen Nachmittag datiert und lautete folgendermaßen:

»Mein lieber West! Ich hätte Ihre leicht erklärliche Neugierde schon eher befriedigen sollen, aber ich enthielt mich dessen um Ihretwillen. Ich weiß aus eigener trauriger Erfahrung, wie entnervend es ist, immer auf eine Katastrophe zu warten, von deren Eintreten man überzeugt ist, das man aber weder beschleunigen noch verzögern kann. Obwohl es mich als die meistinteressierte Person besonders hart trifft, bin ich doch gewiß, daß die natürliche Sympathie, welche ich an Ihnen bemerkt habe, sowie Ihre Zuneigung zu Gabriele dahin wirken müßten, Sie beide unglücklich zu machen, wenn Sie von dem hoffnungslosen und doch unbestimmten Schicksal wüßten, das mich bedroht. Ich fürchtet, Ihre Seelenruhe zu zerstören, und schwieg deshalb, wenn auch widerwillig, denn Alleinsein ist nicht der geringste Kummer, der mich bedrückt. Viele Anzeichen aber, und vor allem die Anwesenheit der Buddhisten an der Küste, von der Sie mir heute morgen erzählt haben, haben mich überzeugt, daß des langen Wartens jetzt ein Ende und die Stunde der Vergeltung gekommen ist. Weshalb man mir gestattet haben mag, noch fast vierzig Jahre nach meinem Vergehen zu leben, geht über meine Fassungskraft; aber möglicherweise wissen diejenigen, in deren Händen mein Schicksal liegt, daß ein solches Leben die größte aller Strafen für mich sein mußte. Nicht eine Stunde bei Tag oder Nacht haben sie mich vergessen lassen, daß sie mich als ihr Opfer gezeichnet hatten, das ihnen nie mehr sollte entrinnen können; ihre verwünschte Geisterglocke hat mir vierzig Jahre lang mein Verdammungsurteil gesungen und mich fortwährend gemahnt, daß ich nirgends auf Erden vor ihnen sicher sei. O, der Frieden, der gesegnete Frieden vollständiger Auflösung! Komme was da wolle jenseits des Grabes, ich werde jedenfalls jene schreckliche Glocke los sein. – Ich brauche nicht noch einmal auf die elende Geschichte zurückzukommen oder weitläufig auf die Ereignisse am 5. Oktober einzugehen und auf die Umstände, die zum Tode Ghoolab Shahs führten. Ich habe eine Anzahl Blätter, die einen knappen Abriß der Vorgänge enthalten, aus meinem Tagebuch gerissen, und Leutnant Sir Edward Elliot von der Artillerie schickte seinerzeit einen eigenen Bericht, in dem jedoch keine Namen genannt waren, an den ›Star of India‹. Ich habe Ursache anzunehmen, daß viele Leute, sogar solche, welche gut mit indischen Verhältnissen vertraut waren, Sir Edwards Erzählung für einen Roman hielten und die verschiedenen Vorgänge als seiner Einbildung entsprossen ansahen. Die wenigen vergilbten Blätter, die ich Ihnen schicke, werden Ihnen beweisen, daß dies nicht der Fall war, und daß unsere Gelehrten Kräfte und Gesetze anerkennen müssen, die von Menschen benutzt werden können und benutzt worden sind, obwohl unsere europäische Zivilisation nichts davon weiß. Ich bin in dieser Welt schwer heimgesucht worden. Ich würde nie, Gott weiß es, kaltblütig irgendeinen Menschen ums Leben bringen können, geschweige denn einen Greis. Ich war jedoch von jeher feuriger und starrköpfiger Natur, und wenn mir im Kampfe das Blut kocht, weiß ich nicht, was ich tue. Weder der Korporal noch ich würden Ghoolab Shah ein Härchen gekrümmt haben, wenn wir nicht gesehen hätten, daß sich seine Stammesgenossen um ihn scharten. Nun, es ist eine alte Geschichte, und es hat keinen Zweck, sie aufzufrischen. Möge keinen Menschen nach mir jemals ein ähnliches Schicksal treffen . . . Ich habe für Sie und andere, die sich für die Sache interessieren, meinem Tagebuche ein kurzes Postskriptum beigefügt. Doch jetzt adieu! Seien Sie gut gegen meine Gabriele; und falls Ihre Schwester tapfer genug ist, in solch eine teufelsbesessene Familie wie die unsrige hineinzuheiraten, lassen Sie sie es tun. Ich habe meiner armen Frau genug hinterlassen, so daß ihr alle Nahrungssorgen ferngehalten sind. Sobald sie mir nachfolgt, wünsche ich das Vermögen gleichmäßig zwischen den Kindern verteilt zu sehen. Wenn Sie hören, daß ich fortgegangen bin, bemitleiden Sie nicht, sondern beglückwünschen Sie Ihren unseligen Freund

John Berthier Heatherstone.«

Ich legte den Brief beiseite und nahm die kleine Rolle blaues Papier, die des Rätsels Lösung enthielt. Es war an der inneren Kante ausgezackt und zerrissen, und Spuren von Gummi und Faden waren daran zu sehen: offenbar waren die Blätter aus einem starkgehefteten Bande herausgerissen. Die Tinte, mit der das Papier beschrieben war, schien etwas verblaßt; aber oben auf der ersten Seite, die jüngeren Datums zu sein schien als die übrigen, stand in kühnen, klaren Zügen: »Tagebuch von Leutnant J. B. Heatherstone im Thul-Tale, Herbst 1841«, und darunter: »Dieser Auszug enthält einen Bericht der Ereignisse in der ersten Oktoberwoche jenes Jahres, einschließlich des Scharmützels in der Teradaschlucht und des Todes Ghoolab Shahs«.

Ich habe die Erzählung vor mir liegen und schreibe sie wörtlich ab, wie der General sie niedergeschrieben hat – zur Erklärung des mysteriösesten Rätsels, das mir jemals vorgekommen ist, und das nun seine Lösung finden sollte.

# VIERZEHNTES KAPITEL

*John Berthier Heatherstones Tagebuch.*

Thul-Valley, 1. Oktober 1841. Das fünfte Bengalische und das dreiunddreißigste Königin-Regiment kommen heute morgen auf ihrem Wege nach der Front hier durch. Tee bei den Bengalen. Letzte Nachrichten vom Hause sind, daß zwei Halbverrückte, namens Francis und Bean, ein Attentat auf das Leben der Königin gemacht haben.

Es wird ein harter Winter werden. Die Schneegrenze hat sich auf den Bergen um tausend Fuß gesenkt, aber die Pässe werden noch wochenlang offen sein, und wenn auch nicht, so haben wir so viele Stationen im Lande gelassen, daß Pollock und Rott sich ohne Schwierigkeiten werden behaupten können. Sie sollen nicht das Geschick von Elphinstones Korps teilen. Ein solches Trauerspiel ist genug für ein Jahrhundert.

Elliot von der Artillerie und ich sind für die Pässe auf eine Entfernung von über zwanzig Meilen haftbar, vom Eingang des Tales bis diesseits der hölzernen Lotosbrücke. Goodenoughs von den Musketieren ist für die andere Seite verantwortlich, und Oberstleutnant Sidney Herbert vom Geniekorps hat die Oberaufsicht über beide Sektionen. Unsere Abteilung ist der Arbeit nicht gewachsen. Ich habe anderthalb Kompagnien von unserem Regiment und eine Schwadron Sowaren, die zwischen den Felsen unbrauchbar sind. Elliot hat drei Kanonen; aber einige seiner Leute liegen an der Cholera danieder, und ich bezweifle, daß er mehr als zwei bedienen kann. (Capsicum gegen Cholera – hab's probiert.) Anderseits hat jeder Proviantzug seine eigene Bedeckung, obwohl die letztere häufig zum Lachen ungenügend ist. Diese Täler und Schluchten, welche sich von dem Hauptpasse abzweigen, wimmeln von Afreedees und Pathanen, die ebenso kecke Räuber wie religiöse Fanatiker sind. Es ist ein Wunder, daß sie nicht einige unserer Karawanen vernichtet haben. Sie könnten sie plündern und wieder zurück auf ihren Bergfesten sein, ehe wir einzugreifen und sie zu überholen vermöchten. Nur Furcht hält sie zurück. Wenn ich etwas zu sagen hätte, würde ich am Eingange jeder Schlucht einen der Bande zur Warnung aufknüpfen lassen. Sie sehen wie die leibhaftigen Teufel aus mit ihren Habichtnasen, den wulstigen Lippen, dem buschigen Haar und ihrem satanischen Grinsen.

Nichts Neues von der Front heute.

2. Oktober. Ich muß Herbert um eine Kompagnie mehr bitten – wenigstens. Ich bin überzeugt, daß wenn ein ernstlicher Angriff auf uns gemacht werden sollte, die Pässe genommen würden. Heute morgen erhielt ich zwei drängende Botschaften von zwei verschiedenen Punkten, je sechzehn Meilen entfernt, um mir zu melden, daß die Stämme sich anschickten, von den Bergen herunterzukommen. Elliot brach mit einer Kanone und den Sowaren nach der jenseitigen Schlucht auf, während ich mit der Infanterie nach der anderen eilte; aber wir fanden, daß es ein blinder Alarm war. Ich sah keine Spur der Feinde, und obgleich wir von einem Kugelschauer begrüßt wurden, konnten wir doch keinen der Halunken fangen. Wehe ihnen, wenn sie je in meine Hände fallen! Ich werde ihnen kürzeren Prozeß machen, als jemals ein Glasgower Richter einem hochländischen Wilddieb. Diese fortwährenden Alarme bedeuten entweder gar nichts oder sie sind ein Anzeichen, daß die Hügelbewohner sich zusammenscharen und irgendeinen Plan in Aussicht haben.

Wir hatten eine Zeitlang keine Nachrichten von der Front, aber heute kam ein Train Verwundeter durch mit der Neuigkeit, daß Nott Ghuznee eingenommen habe. Hoffentlich hat er den schwarzen Schuften, die in seine Hände gefallen sind, die Hölle heiß gemacht. Kein Wort von Pollock. Eine Elefantenbatterie kam von Punjub herauf, in ziemlich gutem Zustande. Es waren einige Rekonvaleszenten dabei, die zu ihren Regimentern zurück wollten. Kannte keinen von ihnen, außer Moslyn von den Husaren und dem jungen Blakesley, der mein Leibfuchs in Carterhouse war, und den ich seither nicht gesehen hatte. Punsch und Zigarren bis elf Uhr.

Brief von Wills und Ko. wegen der kleinen Rechnung, die sie mir von Delhi aus geschickt. Dachte, ein Feldzug befreite einen von solchen Plackereien. Wills sagt in seinem Briefe, daß er mich persönlich aufsuchen werde, da seine Mahnungen vergeblich gewesen seien. Falls er das tut, ist er jedenfalls der tapferste und ausdauerndste Schneider der Welt. Eine Zeile von Daisy aus Kalkutta und eine von Hobhouse, um mir zu melden, daß Matilda im Testamente zur Universalerbin eingesetzt ist. Freut mich!

3. Oktober. Prächtige Nachrichten von der Front heute. Barclay von der Madras-Kavallerie ist mit den Telegrammen durchgaloppiert. Pollock ist am 16. vorigen Monats im Triumph in Kabul eingezogen.

Dies sollte die ganze elende Geschichte zu Ende bringen – dies und die Brandschatzung der Stadt. Hoffentlich wird Pollock nicht zimperlich sein und der hysterischen Partei zu Hause nachgeben. Die Stadt sollte niedergebrannt und die Felder sollten mit Salz bestreut werden. Vor allen Dingen müssen die Residenzgebäude und der Palast demoliert werden.

Es ist schwer, in diesem elenden Tale festsitzen zu müssen, während andere Ruhm und Erfahrung ernten. Ich habe nichts davon gehabt, ausgenommen ein paar kleine Scharmützel. Möglicherweise werden wir aber doch noch etwas zu sehen bekommen. Eine von unseren Patrouillen brachte einen Gefangenen ein, welcher sagt, daß sich die Stämme in der Teradaschlucht zusammenscharen, zehn Meilen nördlich von hier, und den nächsten Train anzugreifen beabsichtigen. Wir können uns nicht auf derlei Nachrichten verlassen, aber es mag doch etwas daran sein. Ich schlug vor, unsern Gefangenen zu erschießen, damit er nicht den doppelten Verräter spielen könnte und den Feinden unsere Schritte verriete. Elliot aber widersetzte sich. Im Kriege darf man keine Chancen fortwerfen. Ich hasse halbe Maßregeln. Die Kinder Israels scheinen das einzige Volk gewesen zu sein, das den Krieg zu einem logischen Ende geführt hat – außer Cromwell in Irland. Erlangte endlich einen Kompromiß, wonach der Mann als Gefangener zurückgehalten und erschossen wird, falls die Nachricht sich als falsch erweist. Ich hoffe nur, daß wir Gelegenheit haben werden, zu zeigen, was wir leisten können. Die Kerle an der Front werden sicher Auszeichnungen und Orden ohne Ende erhalten, während wir armen Teufel, die am meisten Verantwortung und Strapazen gehabt haben, leer ausgehen werden. Elliot hat Heimweh.

Die letzte Trainkolonne hat uns eine Menge Flaschen mit Saucen hier gelassen; da sie aber vergessen haben, uns etwas zu essen zu geben, übergaben wir die Saucen den Sowaren, die sie aus ihren Pfannen trinken, als wäre es Schnaps. Wir hören, daß eine andere große Trainkolonne auf der Ebene in ein Paar Tagen erwartet wird.

4. Oktober. Die Hügelstämme scheinen es diesmal wirklich ernst zu meinen. Zwei von unseren Spionen kamen heute mit der Nachricht von ihrem Zusammenscharen im Teradaviertel. Der alte Halunke Zeman ist an der Spitze, und ich habe der Regierung empfohlen, ihn seiner Neutralität halber mit einem Teleskop zu beschenken! Er wird es kaum bekommen, wenn ich ihn nur unter die Finger kriege. Wir erwarten den Train morgen früh und haben vorher keinen Angriff zu befürchten, denn die Kerls kämpfen um Beute, nicht um Ruhm, obwohl man ihnen Mut nicht absprechen kann, wenn sie einmal loslegen. Ich habe einen prachtvollen Plan ausgearbeitet, und er hat Elliots volle Unterstützung. Beim Himmel, wenn wir es durchsetzen können, wird es die feinste Falle sein, von der man je gehört hat. Unsere Absicht ist, das Gerücht zu verbreiten, wir gingen das Tal hinunter, um dem Train zu begegnen und den Eingang eines Passes, von woher wir einen Angriff erwarteten, zu blockieren. Sehr gut! Wir werden bei Nacht abmarschieren und mit Tagesanbruch ihr Lager erreichen. Einmal dort, werde ich meine zweihundert Mann in den Wagen verstecken und wieder mit dem Train herauskommen. Unsere lieben Feinde werden, in dem Glauben, daß wir südwärts marschiert seien und mindestens schon zwanzig Meilen weit weg wären, wenn sie die Karawane ohne uns nach Norden abziehen sehen, natürlich auf letztere losstürzen. Wir werden ihnen eine solche Lektion erteilen, daß sie eher versuchen werden, einen Blitzstrahl auszuhalten, als noch einmal die Proviantzüge Ihrer britannischen Majestät zu belästigen. Ich stehe auf glühenden Kohlen vor lauter Erwartung.

Elliot hat zwei von seinen Kanonen so schlau aufgeputzt, daß sie mehr wie Hökerfässer als wie Schießgewehre aussehen. Artillerie klar zum Gefecht beim Train zu sehen, würde Verdacht erregen. Die Artilleristen werden in den Wagen neben den Kanonen sitzen, um sofort klarmachen und das Feuer eröffnen zu können. Infanterie vorn und hinten. Habe unseren vertrauten und diskreten Seapoy-Dienern den Plan mitgeteilt, den wir nicht zu verfolgen beabsichtigen; denn wenn man irgend etwas über eine ganze Provinz verbreitet haben will, braucht man es nur unter dem Siegel der Verschwiegenheit seinen vertrauten eingeborenen Dienern zu sagen.

Neun Uhr abends. Gerade marschieren wir los, dem Train entgegen. Hoffentlich glückt es.

5. Oktober. Sieben Uhr abends. Triumph! Triumph! Bekränzt uns mit Lorbeern, Elliot und mich! Wer kann sich mit uns als Ungeziefervertilger messen? Ich bin eben zurückgekommen, müde und matt, blut- und staubbedeckt, aber ich habe mich hergesetzt, ehe ich mich gewaschen und meine Kleidung gewechselt habe, um meine Taten schwarz auf weiß zu sehen, wenn auch nur in meinem Privattagebuche, für niemands Auge als für mein eigenes. Ich werde alles ausführlich beschreiben, als eine Vorbereitung für unseren offiziellen Bericht, der nach Elliots Rückkehr versandt werden muß. Billy Dawson pflegte zu sagen, es gäbe drei Grade der Vergleichung: eine Unwahrheit, eine Lüge und einen offiziellen Bericht. Wir wenigstens können unseren Erfolg nicht übertreiben, denn es wäre unmöglich, noch etwas hinzuzufügen.

Wir marschierten programmäßig los und stießen auf das Lager des Trains am Eingange des Tales. Sie hatten zwei schwache Kompagnien von den Vierundfünfzigern bei sich, die ohne Zweifel, wenn gewarnt, sich hätten behaupten können, aber ein unerwarteter Anfall von den Hügelstämmen ist wahrhaftig keine Kleinigkeit. Mit unserer Verstärkung jedoch konnten wir den Schuften die Stirn bieten. Chamberlain hatte den Befehl – ein feiner junger Kerl. Wir machten ihm bald die Sachlage klar und waren bei Tagesanbruch zum Aufbruch bereit, obgleich seine Wagen so voll waren, daß wir uns genötigt sahen, einige Tonnen Futter zurückzulassen, um Platz für die Seapoys und die Artillerie zu machen. Um fünf Uhr waren wir abmarschiert und um sechs Uhr hatten wir ein gut Stück Weges hinter uns, unsere Bedeckung so zerstreut und nachlässig wie möglich. Keine hilfloser erscheinende Karawane hatte jemals einen Angriff mutwillig herausgefordert.

Ich konnte bald sehen, daß es diesmal kein blinder Alarm war, und daß die Stämme es ernst meinten. Von meinem Beobachtung-Posten hinter dem leinenen Vorhange eines Wagens konnte ich beturbante Köpfe wahrnehmen, wie sie hinter den Felsen emporschossen, um uns zu beobachten, und dann und wann eilte ein Späher davon, um die Nachricht von unserem Herannahen zu überbringen. Aber erst als wir dem Terada-Passe, einer düstern, von gigantischen Klippen umgebenen Schlucht, gegenüber waren, fingen die Asreedees an, sich hervorzuwagen, obwohl sie sich so schlau versteckt hatten, daß wir stracks in die Falle hineinmarschiert wären, wenn wir nicht bereits derartiges vorausgesehen hätten. Jetzt hielt der Train an, und die Feinde eröffneten, als sie sich bemerkt wußten, ein heftiges, aber schlecht gezieltes Feuer auf uns. Ich hatte Chamberlain gebeten, seine Leute als Tirailleure vorgehen zu lassen und sie anzuweisen, sich langsam vor dem Feuer zurückzuziehen, um die Asreedees heranzulocken. Diese List gelang vollkommen. Als die Rotröcke sich langsam zurückzogen, soviel wie möglich unter Deckung bleibend, folgten ihnen die Feinde mit Triumphgeschrei, von Felsen zu Felsen springend mit teuflischem Geheul. Mit ihren schwarzen, verzerrten, höhnischen Gesichtern, ihren drohenden Gesten und flatternden Gewändern würden sie ein prachtvolles Sujet für einen Maler gebildet haben, der Miltons Vorstellung von dem Heere der Verdammten veranschaulichen wollte. Von allen Seiten drängten sie heran, bis sie, in dem Glauben, daß der Sieg ihnen sicher wäre, die Deckung der Felsen verließen und auf uns losgestürzt kamen: ein wütender, heulender Haufe. Jetzt war unsere Gelegenheit gekommen, und herrlich benutzten wir sie. Aus jeder Spalte und Ritze der Wagen kam ein Feuerstrahl, und jeder Schuß zählte in der dichtgedrängten Menge. Fünfzig oder sechzig fielen um wie die Hasen, die anderen stutzten einen Augenblick und kamen dann unter Führung ihrer Häuptlinge von neuem auf uns losgestürmt. Es war jedoch nutzlos für undisziplinierte Männer, einem so wohlgezielten Feuer widerstehen zu wollen. Die Anführer wurden niedergeschossen, die anderen zögerten einen Augenblick, wandten sich dann hastig und flüchteten den Felsen zu. Jetzt war es an uns, die Offensive zu ergreifen. Die Kanonen wurden klargemacht und Kartätschen zwischen die Feinde gedonnert, während unsere kleine Infanterietruppe im Trabe vorging und alles, was ihr unter die Hände kam, niederstach und -schoß. Nie habe ich eine Schlacht sich so schnell und so entschieden wenden sehen. Der Rückzug wurde zur Flucht, die Flucht zur Panik, bis von den Hügelstämmen nichts mehr übrig blieb als ein zersprengter Haufe, der in wilder Jagd seinen Bergfestungen zuraste. Aber ich war durchaus nicht geneigt, sie jetzt, da ich sie in meiner Gewalt hatte, so billig fortzulassen. Im Gegenteil, ich beschloß, ihnen eine solche Lektion zu erteilen, daß der bloße Anblick eines einzigen Rotrockes in Zukunft ein Paß in sich selbst sein würde. Wir folgten den Flüchtlingen auf den Fersen und gelangten unmittelbar nach ihnen in die Teradaschlucht. Ich detachierte Chamberlain und Elliot mit einer Kompagnie beiderseits, um meine Flanken zu decken, und drängte mit meinen Seapoys und einer Handvoll Artilleristen vorwärts, um ihnen keine Zeit zu lassen, sich zu erholen und zur Besinnung zu kommen.

Wir waren aber durch unsere steifen europäischen Uniformen und den Mangel an Übung im Klettern so behindert, daß wir keinen von den Bergbewohnern hätten überholen können, wäre uns nicht ein unerwartetes Ereignis zu Hilfe gekommen. Eine kleinere Schlucht zweigte sich vom Hauptpasse ab, und in der Eile und Verwirrung stürzten einige der Flüchtenden dort hinein. Ich sah sechzig oder siebzig sich hineinwenden, aber ich würde vorbeigegangen und dem Hauptkörper gefolgt sein, wäre nicht einer der Kundschafter zu mir gekommen, um mir zu sagen, daß die kleinere Schlucht eine Sackgasse bildete und daß die Afreedees, welche hineingelaufen wären, keinen anderen Ausweg hätten, als sich durch unsere Reihen zu kämpfen. Das war eine Gelegenheit, den Stämmen Schrecken einzujagen. Ich überließ die Verfolgung des Hauptkörpers Chamberlain und Elliot, schwenkte meine Seapoys in den engen Paß hinein und schritt langsam mit ausgebreiteten Linien vor, den ganzen Boden von Klippe zu Klippe deckend. Kein Schakal hätte ungesehen entschlüpfen können. Die Rebellen waren gefangen wie Ratten in der Falle.

Die Schlucht, in der wir uns befanden, war die düsterste und großartigste, die ich je gesehen habe. Auf beiden Seiten ragten nackte Felsenwände schier tausend Fuß hoch, und näherten sich oben einander, so daß man nur durch eine schmale Spalte das Tageslicht erblicken konnte; diese Spalte wurde durch Palmen und Aloestauden, die über die Ränder der Kluft hingen, noch mehr verschmälert. Die Felswände waren am Eingange ein paar hundert Ellen weit voneinander; aber als wir vorgingen, rückten sie näher und näher aneinander, bis kaum eine halbe Kompagnie dicht gedrängt nebeneinander marschieren konnte.

Eine Art Dämmerung herrschte in diesem seltsamen Tale, und in dem schwachen, ungewissen Lichte ragten die großen Basaltblöcke verschwommen und phantastisch hervor. Kein Pfad war da und der Boden war sehr uneben; aber ich drängte wacker vorwärts, meine Kerle ermahnend, den Finger am Drücker zu halten, denn ich konnte sehen, daß wir uns der Stelle näherten, wo die beiden Felswände einen spitzen Winkel miteinander bildeten.

Endlich kam die Stelle in Sicht. Ein großer Haufen Blöcke lag am äußersten Ende des Passes aufgehäuft, und zwischen diesen kauerten unsere Flüchtlinge, offenbar gänzlich aufgelöst und nicht mehr widerstandsfähig. Als Gefangene waren sie nutzlos, und sie loszulassen, stand außer Frage! Ich hatte deshalb keine andere Wahl, als ihnen den Garaus zu machen. Meinen Säbel schwingend, feuerte ich meine Leute zum Sturme an, als wir plötzlich durch ein Ereignis zurückgehalten wurden, das den Grundstein zu allem Unglück der Zukunft legen sollte.

Ich habe Ähnliches wohl ein- oder zweimal auf den Brettern vom Drury-Lane-Theater, aber nie vorher noch nachher im wirklichen Leben gesehen.

In der einen Felswand, nahe dem Steinhaufen, wo die Feinde ihr letztes Halt machten, war eine Höhle, die mehr dem Lager eines wilden Tieres als einer menschlichen Wohnung glich. Aus dieser dunklen Wölbung tauchte plötzlich ein Greis auf, so alt, daß alle anderen Veteranen, die ich je gesehen, ihm gegenüber Kinder waren. Sein Haar und Bart waren schneeweiß und reichten halb bis zu seinem Gürtel hinab. Sein Gesicht war runzlig und braun und knochig, halb Affe, halb Mumie, und so dünn und ausgedörrt waren seine verschrumpften Glieder, daß man ihm kaum noch Lebenskraft zugetraut hätte, wenn nicht seine Augen gewesen wären, die glitzerten und glänzten wie zwei Diamanten in einer Fassung von Mahagoni.

Diese Erscheinung kam aus der Höhle gestürzt, warf sich zwischen die Flüchtlinge und unsere Kerle und wies uns zurück mit einer Handbewegung, wie es machtvoller niemals ein Herrscher seinen Sklaven gegenüber getan haben kann.

Blutmänner, schrie er mit donnernder Stimme, in vorzüglichem Englisch noch dazu, dies ist eine Stätte des Gebets und der Beschaulichkeit, nicht des Mordes. Steht ab, damit nicht der Götter Zorn auf euch falle.

Aus dem Wege, Alter! herrschte ich ihn an. Es wird dir übel ergehen, wenn du uns nicht aus dem Wege gehst!

Ich konnte sehen, daß die Feinde Mut schöpften und daß einige meiner Seapoys zurückwichen, als sagte ihnen dieser neue Feind nicht zu. Ich mußte schnell handeln, wollte ich anders unseren Erfolg vollständig machen.

Ich stürzte vorwärts an der Spitze der weißen Artilleristen, die bei mir geblieben waren. Der alte Bursche kam mit ausgestreckten Armen auf uns zu, wie um uns aufzuhalten; aber wir konnten uns jetzt nicht an Kleinigkeiten kehren, und so jagte ich ihm meinen

Säbel durch den Leib, in demselben Augenblick, in welchem einer der Kanoniere ihm mit seinem Karabiner den Schädel einschlug.

Er brach augenblicklich zusammen, und die Hügelleute brachen angesichts seines Falles in ein unsagbares Geheul des Entsetzens aus.

Die Seapoys, die vorher geneigt schienen, sich im Hintergrunde zu halten, kamen jetzt hervor, und es dauerte nicht lange, bis wir unsern Sieg vervollständigt hatten. Keiner der Feinde verließ die Schlucht lebendig.

Hätten Hannibal oder Cäsar mehr tun können? Unser eigener Verlust bei der Geschichte war unbedeutend – drei Tote und etwa fünfzehn Verwundete.

Nach dem Gefecht suchte ich nach dem alten Knaben, aber sein Körper war verschwunden, obgleich ich keine Ahnung habe, wie oder wohin. Sein Blut komme auf sein eigenes Haupt. Er würde jetzt noch am Leben sein, wenn er nicht, wie die Konstabler zu Hause sagen, einen Beamten an der Ausführung seiner Pflicht zu hindern gesucht hätte.

Die Kundschafter erzählten mir, daß er Ghoolab Shah hieße, daß er einer der höchsten und heiligsten Buddhisten sei. Er war in der Gegend sehr berühmt als ein Prophet und Wundertäter. Deshalb der Spektakel, als er niedergeschlagen wurde. Man sagte uns, daß er schon zur Zeit von Tamerlans Durchmarsch im Jahre 1337 in derselben Hütte lebte, und noch eine Masse derartigen Unsinns.

Ich ging in die Höhle hinein. Wie ein Mensch auch nur eine Woche darin leben kann, ist mir ein Rätsel, denn sie ist wenig mehr als vier Fuß hoch und eine so feuchte und elende Grotte, wie ich nur je eine gesehen habe. Ein hölzerner Schemel und ein rauher Tisch mit einer Menge hieroglyphenbekritzelter Pergamentrollen daraus bildeten die einzige Ausstattung. Nun, er ist jetzt an einem Orte, wo er lernen wird, daß die Bibel des Friedens und Wohlgefallens allem seinem heidnischen Krimskrams überlegen ist. Friede sei mit ihm!

Elliot und Chamberlain konnten den Hauptkörper des Feindes nicht einholen – ich wußte es im voraus –, so daß die Ehre des Tages mir zufällt. Ich sollte jedenfalls eine Rangerhöhung dafür erhalten und vielleicht – wer weiß? – eine Erwähnung in der ›Gazette‹. Welch eine glückliche Gelegenheit! Zeman, denke ich, verdient sein Teleskop nun doch, da er sie mir bereitet hat. Werde jetzt etwas zu mir nehmen, da ich halb verhungert bin. Ruhm ist etwas Herrliches, aber man kann doch nicht davon leben.

6. Oktober, 11 Uhr vormittags. Ich will jetzt versuchen, so ruhig und genau wie möglich niederzuschreiben, was mir diese Nacht passiert ist.

Ich bin nie ein Träumer oder Geisterseher gewesen, so daß ich mich auf meine Sinne verlassen kann, obwohl ich selbst es niemandem geglaubt hätte. Ich würde sogar jetzt noch glauben, daß ich mich getäuscht habe, hätte ich nicht seither die Glocke gehört. Ich will jedoch erzählen, was sich zugetragen hat.

Elliot war bei mir im Zelte, und wir rauchten zusammen bis ungefähr zehn Uhr. Ich machte dann die Runde und ging zu Bett, nachdem ich alles in Ordnung gefunden hatte. Ich war gerade eingenickt, denn ich war nach des Tages Last und Mühe hundsmüde, als ich durch ein leichtes Geräusch geweckt wurde. Ich wandte mich um und sah einen Mann in asiatischem Kostüm am Zelteingange stehen. Er stand regungslos als ich ihn sah, und fixierte mich mit einem feierlich drohenden Ausdruck. Mein erster Gedanke war, daß der Kerl irgendein fanatischer Ghazi oder Afghane wäre, der sich mit der Absicht hereingeschlichen hatte, mich zu erstechen, und ich wollte deshalb von meinem Lager aufspringen, um mich zu verteidigen, aber ich hatte unerklärlicherweise nicht die Kraft dazu. Eine übermächtige Mattigkeit und Energielosigkeit war über mich gekommen. Hätte ich den Dolch auf meine Brust gezückt gesehen, ich hätte ihn nicht abhalten können. Ich glaube, daß ein Vogel unter dem Einflusse einer Schlange eine ähnliche Empfindung hat, wie ich sie in der Gegenwart dieses düstern Fremdlings hatte. Meine Gedanken waren klar genug, aber mein Körper war so schwerfällig, als ob ich noch schliefe. Ein- oder zweimal schloß ich die Augen und versuchte mich selbst zu überreden, daß die ganze Geschichte auf Einbildung beruhe; aber sobald ich die Lider wieder öffnete, starrte mich der Mensch mit seinen eisigen drohenden Augen noch immer an. Das Schweigen wurde unerträglich. Ich fühlte, daß ich meine Mattigkeit wenigstens soweit bezwingen mußte, um ihn anzureden. Endlich brachte ich stotternd einige Worte hervor und fragte den Eindringling, was er von mir wolle.

Leutnant Heatherstone, antwortete er langsam und ernst, Sie haben heute den gemeinsten Frevel, das größte Verbrechen begangen, das einem Menschen möglich ist. Sie haben einen der

Dreimalgesegneten und Ehrwürdigsten gemordet, einen Adepten des ersten Grades, einen älteren Bruder, der mehr Jahre auf dem höheren Pfade gewandelt ist, als Sie Monate zählen. Sie haben ihn zu einer Zeit gemordet, als seine Arbeit einen Höhepunkt zu erreichen versprach und er einen Grad mystischer Erkenntnis erlangt hatte, der die Menschheit dem Schöpfer eine Stufe näher gebracht hätte. Alles dieses haben Sie ohne Grund, ohne Aufreizung getan, zu einer Zeit, als er sich der Hilflosen und Bedrängten annahm. Hören Sie mich jetzt an, Leutnant Heatherstone. Als man vor vielen tausend Jahren sich der mystischen Wissenschaft zuerst zuwandte, lernten die Weisen, daß die kurze Spanne menschlichen Lebens nicht hinreiche, um einen Menschen zu den luftigen Höhen des Seelenlebens emporklimmen zu lassen. Die Forscher lenkten deshalb in jenen Tagen ihre Aufmerksamkeit zuerst darauf, ihre Lebenszeit zu verlängern, damit sie größeren Spielraum zum Wirken hätten. Vermöge ihrer Kenntnis der Geheimnisse der Natur waren sie imstande, ihre Körper gegen Krankheit und Greisenalter zu stählen. Es blieb ihnen nur noch übrig, sich vor den Angriffen böser und gewalttätiger Menschen zu schützen, da diese immer bei der Hand sind, um die, die weiser und edler sind als sie, zu vernichten. Da dies durch keine direkten Mittel bewirkt werden konnte, arrangierte man geheime Kräfte auf solche Weise, daß den etwaigen Verbrecher eine schreckliche und unvermeidliche Vergeltung traf. Durch Gesetze, die nicht wieder beseitigt werden können, wurde es unwiderruflich bestimmt, daß jeder, der das Blut eines bis zu einem gewissen Grade der Heiligkeit gelangten Bruders vergießt, dem Verderben anheimfallen muß. Diese Gesetze bestehen bis auf diesen Tag, John Heatherstone, und Sie sind denselben verfallen. König oder Kaiser würden diesen Mächten gegenüber hilflos sein. Welche Hoffnung gibt es dann für Sie? In früheren Tagen wirkten diese Gesetze augenblicklich, so daß der Mörder mit seinem Opfer umkam. Man gelangte später zu der Ansicht, daß diese schnelle Vergeltung den Sünder daran verhinderte, die Größe seines Verbrechens zu begreifen. Es wurde deshalb angeordnet, daß die Vergeltung den Chelas oder engeren Jüngern des Heiligen überlassen werden solle, die die Frist nach Belieben verlängern oder verkürzen und die Strafe entweder sofort oder an irgendeinem künftigen Jahrestage des Verbrechens vollstrecken könnten.

Weshalb die Bestrafung nur an diesem Tage stattfinden kann, brauchen Sie nicht zu wissen. Es genügt, daß Sie der Mörder Ghoolab Shahs, des Dreimalgesegneten, sind, und daß ich der älteste der mit seiner Rache betrauten drei Chelas bin. Es ist dies keine persönliche Frage unter uns. Inmitten unserer Studien haben wir keine Muße und Neigung für dergleichen. Es ist ein unabänderliches Gesetz, und es ist uns ebenso unmöglich, davon abzuweichen, wie Ihnen, ihm zu entfliehen. Früher oder später werden wir zu Ihnen kommen und Ihr Leben als Sühne für das Leben fordern, das Sie genommen haben. Das gleiche Schicksal wird den elenden Soldaten Smith treffen: obwohl weniger schuld als Sie, hat er dieselbe Strafe verdient, indem er seine frevlerische Hand gegen den Erwählten Buddhas erhob. Wenn Ihre Frist verlängert wird, so geschieht dies nur, damit Sie Zeit haben, Ihr Vergehen zu bereuen und die volle Wucht Ihrer Strafe zu spüren. Und damit Sie sich nicht versucht fühlen, sich Ihr Schicksal aus dem Kopfe zu schlagen und es zu vergessen, wird unsere Glocke – unsere Geisterglocke, die eine unserer mystischen Geheimnisse ist – Sie immer an das erinnern, was geschehen ist und geschehen wird. Bei Tag und Nacht sollen Sie sie hören, und sie wird Ihnen ein Zeichen sein, daß, Sie mögen tun, was Sie wollen, und gehen, wohin Sie wollen, Sie nie das Joch der drei Chelas Ghoolab Shahs von sich abschütteln können. Sie werden mich nie wiedersehen, Verfluchter, bis zu dem Tage, an welchem wir Sie holen werden. In Furcht und Schrecken werden Sie leben, in fortwährender Erwartung, die noch schlimmer ist als der Tod selbst! – Mit einer drohenden Handbewegung wandte sich die Gestalt und schwebte aus dem Zelte in die Dunkelheit hinaus.

Im selben Augenblick, als der Kerl mir aus dem Gesicht verschwand, erholte ich mich von der Lethargie, die mich befallen hatte. Ich sprang aus dem Bette, stürzte nach dem Eingange und spähte hinaus. Eine Schildwache stand, auf ihre Büchse gelehnt, einige Schritte entfernt da.

Du Hund, hob ich auf hindostanisch an, was soll das bedeuten, daß du mich in dieser Weise stören läßt?

Der Mann starrte mich erstaunt an.

Hat jemand den Sahib gestört? fragte er.

Diese Minute – diesen Augenblick! rief ich. Du mußt ihn aus dem Zelte haben gehen sehen!

Der Burra Sahib irrt sich! antwortete der Mann ehrerbietig, aber entschieden. Ich habe hier seit einer Stunde gestanden, aber keiner ist aus dem Zelte gekommen.

Verblüfft und beunruhigt grübelte ich darüber nach, ob die ganze Geschichte nicht doch nur auf Einbildung beruhe, verursacht durch die Aufregung während unseres Scharmützels, als ich von einem neuen Wunder überrascht wurde. Über meinem Kopfe ertönte plötzlich ein scharfer, klingender Laut, ähnlich dem Geräusch, das durch ein angestoßenes leeres Weinglas hervorgebracht wird, nur lauter und intensiver. Ich schaute auf, aber es war nichts zu sehen. Ich untersuchte das ganze Innere des Zeltes sorgfältig, konnte aber die Ursache des fremdartigen Geräusches nicht entdecken. Übermüdet wie ich war, gab ich es endlich auf, das Rätsel zu lösen, warf mich auf mein Lager und war bald fest eingeschlafen. Als ich heute morgen erwachte, war ich geneigt, die Vorgänge der letzten Nacht meiner Einbildungskraft zuzuschreiben; aber ich wurde bald über meinen Irrtum aufgeklärt; denn kaum war ich aufgestanden, als der seltsame Laut wieder ebenso deutlich und ebenso scharf wie nachts an mein Ohr schlug.

Was es ist oder woher es kommt, geht über meinen Verstand. Ich habe es seitdem nicht wieder gehört. Sollte hinter den Drohungen des Kerls doch etwas stecken und dies die Warnungsglocke sein, von der er sprach? Das ist doch unmöglich. Aber sein Auftreten war unbeschreiblich eindrucksvoll. Ich habe versucht, es so genau wie möglich zu erzählen, habe aber, fürchte ich, doch noch manches vergessen. Wie wird diese seltsame Geschichte enden? Kein Wort an Chamberlain oder Elliot. Sie sagen, ich sähe heute morgen wie ein Gespenst aus.

Abends. Habe mit dem Kanonier Rufus Smith gesprochen, der den alten Kerl mit dem Gewehrkolben niedergeschlagen hat. Seine Erfahrung ist die gleiche gewesen. Er hat die Glocke auch gehört? Was bedeutet das alles? Es ist zum Rasendwerden!

10. Oktober (vier Tage später). Gott sei uns gnädig! –«

Dieser lakonische Eintrag beendigte das Tagebuch. Es schien mir aber, daß darin ein ergreifenderes, packenderes Bild von zerrütteten Nerven und gebrochener Geisteskraft enthalten war, als in einer ganzen Erzählung. An das Tagebuch war ein kurzer Anhang geheftet, der offenbar erst kürzlich von dem General hinzugefügt worden war.

»Von jenem Tage an bis heute«, hieß es, »habe ich mich jener schrecklichen Glocke nicht entziehen können. Zeit und Gewohnheit haben mir keine Erleichterung gebracht, im Gegenteil, mit den dahineilenden Jahren hat sich auch meine Kraft verflüchtigt, und meine Nerven sind weniger imstande, die fortdauernde Spannung zu ertragen. Ich bin gebrochen an Geist und Körper. Ich lebe in einem Zustand ewiger Furcht; immer warte ich auf die verhaßte Glocke; ich fürchte mich, mit meinen Mitmenschen zu reden, um ihnen meinen elenden Zustand nicht zu verraten; meine einzige Hoffnung ist das Grab. Ich bin Willens zu sterben, Gott weiß es; und doch, jedesmal, wenn wir uns dem 5. Oktober nähern, werde ich halb rasend vor Angst, da ich nicht weiß, welch ein seltsames und furchtbares Schicksal mir bevorsteht. Vierzig Jahre sind vergangen, seit ich Ghoolab Shah gemordet habe, und vierzigmal sind alle Schrecken des Todes über mich ergangen, ohne daß ich den seligen Frieden des Jenseits erreicht hätte. Ich weiß nicht, in welcher Gestalt mein Schicksal mich erreichen wird. Ich habe mich in diesem einsamen Lande verschanzt und mich mit Schranken umgeben, weil der Instinkt mich in meinen schwachen Augenblicken antreibt, Schritte zur Selbsterhaltung zu tun, aber ich weiß ganz gut, wie nutzlos es ist. Sie müssen jetzt bald kommen, denn ich werde alt, und die Natur wird ihnen zuvorkommen, falls sie sich nicht beeilen. Ich bin mir selbst Hochachtung schuldig, dafür, daß ich meine Hände von der Blausäure oder der Opiumflasche gelassen habe. Es hat immer in meiner Kraft gestanden, meine mystischen Verfolger auf solche Weise schachmatt zu setzen; aber ich habe immer behauptet, daß in dieser Welt kein Mann seinen Posten verlassen darf, bis er zur gehörigen Zeit von den zuständigen Behörden abgelöst wird. Ich habe jedoch keine Bedenken gehabt, mich allen möglichen Gefahren auszusetzen, und während der Sikh- und Seapoy-Kriege habe ich alles getan, was ein Mann nur tun kann, um dem Tode zu begegnen. Aber er ging an mir vorüber und suchte sich manchen jungen Burschen aus, für den das Leben noch voller Rosen war; und mich ließ er Orden und Kreuze gewinnen, die für mich allen Reiz verloren hatten.

Nun, diese Dinge können nicht vom Zufall abhängen, und es gibt unzweifelhaft einen gewichtigen Grund dafür. Einen Ersatz hat mir die Vorsehung in der Gestalt einer treuen, guten Gattin gewährt, der ich mein schauerliches Urteil vor der Hochzeit erzählte, und die edelmütig einwilligte, mein Schicksal zu teilen. Sie hat die Hälfte der Bürde von meinen Schultern genommen – arme Seele! – aber ihr eigenes Leben ist unter der Last zusammengebrochen. Meine Kinder sind mir auch ein Trost gewesen. Mordaunt weiß alles, oder doch fast alles. Vor Gabriele haben wir es geheimzuhalten versucht, obgleich wir sie nicht verhindern konnten, zu sehen, daß nicht alles richtig ist. Ich möchte, daß dieser Bericht Herrn Dr. John Easterling in Stanvaer gezeigt würde. Er hat bei einer Gelegenheit diese Marterglocke gehört. Meine traurige Erfahrung wird ihm beweisen, daß ich die Wahrheit sprach, als ich sagte, es gäbe viel Weisheit in der Welt, die ihren Weg nach England noch nicht gefunden hätte.

J. B. Heatherstone.«

Der Morgen graute, als ich diese außerordentliche Erzählung, der meine Schwester und Mordaunt Heatherstone gespannt zuhörten, beendigt hatte. Wir konnten schon durch die Fenster sehen, wie die Sterne allmählich erblaßten und ein graues Licht im Osten erschien.

Der Kätner, der den Spürhund hatte, wohnte ein paar Meilen entfernt; es war daher Zeit, aufzubrechen. Wir überließen es Esther, meinem Vater die Geschichte auf ihre Weise zu erzählen, packten einige Nahrungsmittel in unsere Taschen und begannen unseren traurigen und ereignisreichen Gang, der uns an das tragische Ziel führen sollte.

# FÜNFZEHNTES KAPITEL

Als wir aufbrachen, war es noch dunkel genug, um den Weg über das Moor sehr zu erschweren; aber nach und nach wurde es heller, und als wir Fullertons Hütte erreichten, war der Tag voll angebrochen.

Obgleich es noch sehr früh war, war doch Fullerton schon auf und beschäftigt, denn die Wigtowner Bauern sind Frühaufsteher.

Wir erklärten ihm unsere Absicht in möglichst wenigen Worten, und nachdem der Handel abgeschlossen, gestand er uns nicht nur den Gebrauch seines Hundes zu, sondern versprach auch, selbst mitzukommen.

In seinem Wunsche, die Sache geheimzuhalten, widersetzte sich Mordaunt diesem Vorschlage; aber ich wies darauf hin, daß wir keine Ahnung von dem hätten, was uns bevorstände, und daß der Beistand eines starken, kräftigen Mannes von größter Bedeutung für uns sein könnte. Außerdem könnte der Hund leicht widerspenstig werden, wenn ihn sein Herr nicht begleitet. Meine Beweisgründe schlugen durch, und der Bauer kam mit.

Zwischen dem Hunde und seinem Herrn bestand ein wenig Ähnlichkeit, denn letzterer war ein schopfköpfiger Kerl mit buschigem, gelbem Haar und zerzaustem Bart, während der Hund zu der langhaarigen, zottigen Rasse gehörte, die wie ein lebendiges Bündel Hanf aussehen.

Auf dem ganzen Wege nach dem Schlosse erzählte Fullerton uns von der Schlauheit und der scharfen Nase des Tieres, die seiner Behauptung nach geradezu wunderbar war. Seine Anekdoten fanden jedoch schlechte Zuhörer, denn meine Gedanken beschäftigten sich mit den seltsamen Erlebnissen, welche uns das Tagebuch und der letzte Brief des Generals mitgeteilt hatten, und Mordaunt schritt mit glühenden Augen und fiebernden Wangen vorwärts, unfähig, an irgend etwas anderes zu denken, als an das zu lösende Problem. Jedesmal, wenn wir eine Anhöhe erstiegen hatten, sah ich ihn angstvoll umherblicken, in der Hoffnung, etwas von dem Verschwundenen sehen zu können; aber auf der ganzen weiten Moorfläche war kein Zeichen von Bewegung oder Leben zu erblicken. Alles war tot, schweigsam, verlassen.

Unser Besuch im Schlosse war sehr kurz, denn jede Minute war jetzt wichtig.

Mordaunt stürzte ins Haus und kam mit einem alten Rocke seines Vaters wieder hervor. Er gab ihn Fullerton, der ihn seinem Hunde vorhielt. Das kluge Tier beschnüffelte das Kleidungsstück, lief winselnd eine kleine Strecke die Allee hinunter, kam zurück, um den Rock noch einmal zu beriechen, und stieß dann, zum Zeichen, daß er die Spur gefunden hatte, mit triumphierend erhobenem Schwanze ein scharfes Gebell aus. Sein Eigentümer befestigte nun einen langen Strick an dem Halsbande des Hundes, damit er uns nicht davonliefe, und dann machten wir uns alle auf die Suche, voran der Hund, der aufgeregt an seinem Stricke zerrte und riß.

Unser Weg führte einige hundert Schritte weit die Landstraße entlang. Dann traten wir durch eine Lücke in der Hecke auf das Moor hinaus, über das wir in gerader Linie nordwärts marschierten.

Die Sonne war jetzt voll aufgegangen, und die ganze Gegend war so frisch und duftig, von dem blauen, glitzernden Meere bis zu den purpurnen Bergen, daß es uns schwer ward, uns vorzustellen, in welch einer düstern, unheimlichen Unternehmung wir begriffen waren. Die Spur muß sehr deutlich gewesen sein, denn der Hund zögerte nicht und hielt nicht an, sondern zerrte seinen Herrn so schnell weiter, daß eine Unterhaltung unmöglich wurde.

An einer Stelle, wo wir einen kleinen Fluß zu kreuzen hatten, schienen wir einige Minuten die Spur verloren zu haben, aber unser scharfnasiger Bundesgenosse fand sie bald auf der anderen Seite wieder und verfolgte sie über das pfadlose Moor, vor Eifer bellend und winselnd.

Hätten wir nicht alle flinke Füße und gute Lungen gehabt, so hätten wir den sehr langen Marsch über den holperigen Boden, wo das Heidekraut uns oft bis an den Gürtel reichte, nicht aushalten können.

Was mich anbelangt, so hatte ich bis jetzt noch keine Ahnung, welch ein Ziel mir als Ende unserer Verfolgung vorschwebte. Ich erinnere mich, daß alle meine Gedanken voll der ungeheuerlichsten und verschiedenartigsten Vermutungen waren.

Konnte es möglich sein, daß die drei Buddhisten an der Küste ein Fahrzeug in Bereitschaft gehalten und sich mit ihrem Gefangenen nach dem Orient eingeschifft hatten? Die Richtung der Spur schien diese Annahme anfänglich zu begünstigen, denn sie lag in einer Linie mit dem oberen Ende der Bucht, wandte sich jedoch schließlich ab und geradeswegs landeinwärts. Das weite Meer war also offenbar nicht unser Ziel.

Um zehn Uhr waren wir fast zwölf englische Meilen gegangen und sahen uns jetzt genötigt, einige Minuten anzuhalten, um Atem zu schöpfen, denn während der letzten paar Meilen war es an den ermüdenden, langen Abhängen der Wigtowner Hügel hinaufgegangen. Von der Spitze dieser Hügelkette, die nirgends höher als tausend Fuß ist, übersahen wir nach Norden hin eine Landschaft, wie sie öder und trostloser in keinem Lande gefunden werden kann.

So weit das Auge blickte, erstreckte sich eine weite Fläche von Schlamm und Wasser, wie eine im Werden begriffene Welt, im wildesten Chaos durcheinander gemischt. Hier und da waren auf der bräunlichen Oberfläche dieses großen Sumpfes Büschel kränklichgelber Binsen und blaugrünen Grases hervorgebrochen, was den traurigen Eindruck der öden Gegend nur noch erhöhte.

Auf den uns nächstliegenden Seiten zeigten einige verlassene Torfgruben, daß der allgegenwärtige Mensch hier gearbeitet hatte; aber außer diesen kleinlichen Narben war nirgends ein Zeichen menschlichen Lebens zu erblicken. Nicht einmal eine Krähe oder Seemöwe wagte es, über diese Wüstenei hinzuflattern.

Das ist der große Creesumpf, den man auf Landkarten über einen großen Teil der Provinz Wigtown sich erstrecken sieht. Es ist ein Salzwassermorast, der durch irgendeinen Einfluß des Meeres gebildet ist, und der von gefährlichen Sümpfen und trügerischen Fallöchern voll flüssigen Schlammes so durchwoben ist, daß kein Mensch ohne die Führung eines der wenigen Bauern, denen das Geheimnis der gangbaren Pfade bekannt ist, sich hineinwagt.

Als wir uns dem seinen Rand umsäumenden Schilfe näherten, stieg von der stagnierenden Wildnis ein fauler, feuchter Gestank auf wie von unreinem Wasser und verfaulendem Gewächs, ein erdiger, übler Hauch, der die irische Hochlandsluft verpestete.

So abschreckend und düster war der Anblick dieser Stätte, daß unser wackerer Kätner zauderte, und wir ihn nur mit Mühe zum Weitergehen bewegen konnten.

Unser Spürhund, der den feineren Eindrücken unserer höheren Organisation nicht zugänglich war, lief bellend weiter, mit der Nase am Boden und vor Aufregung und Eifer zitternd. Wir hatten keine Schwierigkeit, unseren Weg durch den Morast hindurchzufinden, denn wo die fünf hatten gehen können, vermochten wir drei natürlich auch zu folgen.

Hätten wir irgendwelche Zweifel bezüglich unseres Hundes Führung gehabt, so wären sie jetzt verschwunden, denn in dem weichen, schwarzen, schmierigen Erdboden konnten wir die Fußspuren aller fünf nächtlichen Wanderer deutlich unterscheiden. Wir konnten hieran sehen, daß sie nebeneinander gegangen waren, und zwar jeder in gleicher Entfernung von seinem Nebenmann. Es war also offenbar, daß keine physische Kraft gebraucht war, um den General und seinen Gefährten fortzuführen. Der Zwang war ein seelischer, kein körperlicher gewesen.

Inmitten des Sumpfes angelangt, mußten wir auf der Hut sein, daß wir nicht von dem engen Pfade, der uns einen festen Halt bot, abwichen. Zu beiden Seiten lagen flache Kolke von stehendem Wasser, die einen trügerischen Boden halbflüssigen Schlammes bedeckten: in feuchten, glitschigen Bänken erhob sich letzterer hier und da über die Oberfläche, mit Flecken ungesunden Gewächses besät. Große purpurne und gelbe Pilze waren in dichter Menge hervorgebrochen, als sei die Natur mit einer widrigen Krankheit behaftet, die sich durch diese Pestgeschwüre offenbar machte. Hier und dort schossen schwarze, krebsartige Geschöpfe über unseren Weg, und abscheuliche, fleischfarbene Würmer ringelten und schlängelten sich zwischen dem Röhricht dahin. Schwärme summenden, zirpenden Ungeziefers erhoben sich bei jedem Schritte, ließen sich auf unser Gesicht und unsere Hände nieder und impften uns ihr schmutziges Gift ein.

Nie zuvor hätte ich mich in eine so pesthauchige und abschreckende Gegend gewagt. Aber Mordaunt Heatherstone schritt entschlossen weiter, und wir konnten ihm nur folgen, um ihm bis ans Ende des Abenteuers beizustehen.

Bald verengte sich der Pfad mehr und mehr, so daß, wie wir an den Fußspuren vor uns sehen konnten, auch die fünf nächtlichen Wanderer sich genötigt gesehen hatten, im Gänsemarsch vorzugehen.

Fullerton führte uns nun mit seinem Hunde an, Mordaunt schritt hinter ihm her, während ich die Nachhut bildete.

Der Bauer hatte sich schon seit einiger Zeit muckig und mürrisch gezeigt; er hatte kaum geantwortet, wenn man ihn anredete; plötzlich aber blieb er ganz stehen und weigerte sich entschieden, nur noch einen Schritt weiterzugehen.

»Es ist nicht geheuer,« sagte er, »außerdem weiß ich, wohin es uns führen wird!«

»Wohin denn?« fragte ich.

»Nach dem Cree-Loche,« antwortete er. »Es ist nicht mehr weit von hier, denke ich.«

»Nach dem Cree-Loch?« wiederholte ich. – »Was ist denn das?«

»Das ist ein großes Loch,« antwortete der Bauer, »und so tief, daß noch niemand den Boden erreicht hat. Es gibt Leute, welche behaupten, daß es das Tor zur Hölle selbst ist!«

»Sie sind also schon dort gewesen?« forschte ich ihn aus.

»Dort gewesen!« rief er. »Was sollte ich am Cree-Loche zu suchen haben? Nein, Herr, ich bin nie dort gewesen, und auch kein anderer, bei dem es nicht rappelt.«

»Woher kennen Sie es denn?« fragte ich.

»Mein Urgroßvater ist dort gewesen, und daher kenne ich's,« antwortete Fullerton. »Er ging infolge einer Wette dorthin. Er wollte hinterher nie davon reden und auch nicht sagen, was ihm dort zugestoßen wäre, aber vor dem bloßen Namen ward ihm nachher bange. Er war der erste Fullerton, der am Cree-Loch gewesen ist, und soweit es auf mich ankommt, wird er auch der letzte gewesen sein. Wenn Sie meinem Rate folgen wollen, geben Sie die ganze Geschichte auf, und gehen Sie wieder heim, denn von solch einem Gange kann nichts Gutes kommen!«

»Wir werden weitergehen, und wenn nicht mit Ihnen, dann ohne Sie!« antwortete Mordaunt bestimmt. »Lassen Sie uns nur Ihren Hund zur Führung, und wir werden Sie auf unserem Rückwege wieder mitnehmen.«

»Nein, nein!« ereiferte der Bauer sich. »Ich will meinen Hund nicht von Gespenstern verschreckt haben oder ihn dem Gottseibeiuns nachlaufen lassen! Der Hund bleibt bei mir!«

»Der Hund geht mit uns!« erklärte Mordaunt mit funkelnden Augen. »Aber wir haben keine Zeit, mit Ihnen zu schwatzen. Hier ist eine Fünfpfundnote. Überlassen Sie uns den Hund oder, beim Himmel, ich werde ihn Ihnen gewaltsam nehmen und Sie in den Sumpf werfen, wenn Sie sich widersetzen!«

Ich konnte mir den alten Heatherstone vor vierzig Jahren vorstellen, als ich die drohende plötzliche Wut sah, die das Gesicht seines Sohnes jetzt entstellte.

Das Geld oder die Drohung hatte die gewünschte Wirkung, denn der Bauer griff mit der einen Hand nach dem Gelde, während er mit der anderen die Leine, an der der Spürhund lief, an Mordaunt auslieferte.

Mordaunt war entschlossen, und ich war es nicht weniger, dem Geheimnis bis auf den Grund nachzugehen, mochte es auch Gott weiß was gelten.

Den Bauer einfach seinem selbstgewählten Schicksal überlassend, drangen wir beide, der Spur des Hundes folgend, unentwegt weiter vor. Der unaufhörlich gewundene Pfad wurde weniger und immer weniger deutlich, je weiter wir vorschritten, bis er endlich sogar stellenweise von Wasser überdeckt ward. Aber die steigende Aufregung des Hundes und die Fußspuren im Schlamm spornten uns an, ohne jede Rast weiter und weiter zu gehen, bis an unser Ziel – das schaurigste Ziel meines Lebens!

Nachdem wir uns durch ein Dickicht hoher Binsen durchgearbeitet hatten, erreichten wir endlich eine Stelle, deren trauriges Aussehen Dante zu neuen Schrecknissen für seine Hölle begeistert haben würde.

Der ganze Morast schien an dieser Stelle eingesunken zu sein und bildete einen ungeheuren Trichter, der in einer kreisförmigen Öffnung von etwa vierzig Schritten im Durchmesser endete. Es war ein unaufhörlicher Strudel, ein vollkommener Malstrom von Schlamm, der sich von allen Seiten nach diesem schweigsamen, fürchterlichen Abgrunde zu abschob.

Dies war offenbar die Stelle, die unter dem Namen »Cree-Loch« einen so schlimmen Ruf bei den Landleuten erlangt hatte. Es nahm mich nicht wunder, daß es einen so tiefen Eindruck auf ihre Einbildungskraft machte; denn einen unheimlicheren, düstereren Erdfleck und ein Ziel, das des zu ihm führenden Weges würdiger wäre, kann man sich gar nicht denken.

Die Fußtapfen führten den den Schlund umgebenden Abhang hinunter, und wir folgten ihnen mit bedrücktem Herzen, denn wir ahnten, daß dies der Endpunkt unserer Suche sein würde.

Eine kleine Strecke von dem hinabführenden Pfade entfernt, sah man die Spuren derer, die von dem Rande des Schlundes zurückgekehrt waren.

Unsere Blicke fielen zur selben Zeit auf diese Fußtapfen, und wir stießen beide einen Schrei des Entsetzens aus, während wir darauf hinstarrten, denn in jenen verwischten Spuren offenbarte sich das ganze Drama: Fünf waren hinabgegangen, aber nur drei zurückgekehrt!

Niemand wird je die Einzelheiten dieses furchtbaren Trauerspiels erfahren. Es war kein Zeichen eines Kampfes oder

Fluchtversuches zu sehen. Wir knieten am Rande des Loches nieder und versuchten, den zu verhüllenden, dichten Dunst mit den Augen zu durchdringen. Eine scharfe, ekelhafte Ausdünstung schien aus der Tiefe emporzusteigen, und ich vernahm ein fernes, eiliges, brausendes Geräusch, wie von Wassern in den Eingeweiden der Erde. Ein großer Stein lag im Schlamm eingebettet, und diesen schleuderte ich hinein; aber ich hörte keinen Aufschlag, kein Zeichen, daß er den Boden oder eine Wasserfläche erreicht hatte. Als wir uns aber über den widrigen Schlund beugten, traf plötzlich ein Laut aus seiner grausigen Tiefe unser Ohr. Hell und klar klang ein klingender Ton aus dem Abgrunde herauf; dann herrschte wieder dieselbe Grabesstille wie zuvor.

Ich möchte nicht gern als abergläubisch angesehen werden oder etwas vielleicht ganz Natürliches übernatürlichen Ursachen zuschreiben. Dieser eine scharfe Ton kann irgendein durch Wasser tief im Innern der Erde hervorgebrachtes Geräusch sein. Es kann aber auch die unheimliche Glocke gewesen sein, von der ich so viel gehört habe. Doch sei dies nun, wie es wolle – es war das einzige Zeichen, das aus der letzten, schrecklichen Ruhestatt derer kam, die ihre so lange ungetilgt gebliebene Schuld durch ihren Tod in diesem schauerlichen Abgrund jetzt bezahlt hatten.

Mit der Hartnäckigkeit, mit welcher Menschen sich an eine letzte Hoffnung klammern, vereinigten wir unsere Stimmen zu einem Rufe, aber wir bekamen keine Antwort außer unzähligen hohlen Echos aus der Tiefe. Mit wunden Füßen und krank am Herzen wandten wir uns zurück und klommen den schlammigen Abhang wieder hinaus.

»Was wollen wir nun tun, Mordaunt?« fragte ich mit gedämpfter Stimme. »Wir können nur beten, daß ihre Seelen in Frieden ruhen mögen!«

Der junge Heatherstone blickte mich mit funkelnden Augen an.

»Dies mag alles den mystischen Gesetzen jener fremden Männer gemäß zugegangen sein,« rief er, »aber wir wollen doch einmal sehen, was das englische Gesetzbuch dazu zu sagen hat. Ein Chela kann ebensogut wie irgend jemand anders gehängt werden, denke ich. Es ist vielleicht noch nicht zu spät, sie zu überholen. Hier, guter Hund, guter Hund, hier!«

Er riß den Hund herum und brachte ihn auf die Fährte der drei unheimlichen Fremden. Das Tier beschnüffelte ein paarmal den Boden, fiel dann plötzlich auf seinen Leib und lag mit gesträubten

Haaren und heraushängender Zunge zitternd und bebend da, als die Verkörperung hündischer Furcht.

»Siehst du,« sagte ich ernst, »es hat keinen Zweck, sich gegen Mächte zu stemmen, denen wir nicht einmal einen Namen zu geben vermögen. Wir können nichts tun, als uns in das Unvermeidliche fügen und hoffen, daß dein armer Vater und sein Schicksalsgefährte in der anderen Welt ihre Belohnung erhalten werden für das, was sie in dieser erlitten haben.«

»Und nicht minder, daß sie von allen teuflischen Religionen und deren mörderischen Anhängern erlöst sein werden!« rief Mordaunt wütend.

Ich sagte mir freilich selber, daß die Christen mit Morden begonnen hatten, ehe die Buddhisten daran dachten, aber laut sagte ich nichts davon, um meinen Begleiter nicht zu reizen.

Ich konnte ihn lange nicht von der Todesstätte seines Vaters wegbringen; aber schließlich bewog ich ihn durch wiederholte Vorstellungen und Vernunftsgründe doch dazu, einzusehen, wie sinn- und nutzlos alle weiteren Anstrengungen unsererseits notwendigerweise sein mußten, und daß es das klügste war, nach Cloomber-Hall zurückzukehren, um vielleicht der drei Buddhisten doch noch habhaft werden zu können.

O, welch ein langer, trauriger Gang war das! Lang genug war er uns schon erschienen, als noch ein schwacher Hoffnungsstrahl uns leuchtete, oder wir noch etwas zu erwarten hatten. Jetzt, da unsere schlimmsten Befürchtungen verwirklicht waren, erschien er uns schier unendlich. Wir trafen unsern Bauern am Rande des Morastes wieder und ließen ihn, nachdem wir ihm seinen Hund zurückgegeben hatten, allein seinen Heimweg antreten, ohne ihm etwas von dem Resultat unserer Suche mitzuteilen.

Wir selbst gingen den ganzen Tag mit schweren Füßen und noch schwererem Herzen über das Moor hin, bis wir den unglücklichen Turm von Cloomber zu Gesicht bekamen und wir uns, während eben die Sonne unterging, endlich wieder unter seinem Dache befanden.

Ich brauche wohl nicht auf weitere Einzelheiten einzugehen oder den Kummer zu beschreiben, den unsere Nachricht über Mutter und Tochter brachte. Die lange Erwartung des Unglücks hatte doch noch nicht genügt, sie auf diese schreckliche Wirklichkeit vorzubereiten. Wochenlang schwebte meine arme Gabriele zwischen Leben und Tod; und obwohl sie endlich, dank der Kunst des Dr. Easterling aus Stanvaer, wiederhergestellt wurde, hat sie doch bis auf den heutigen Tag ihre frühere Lebenskraft nicht wiedergewonnen.

Auch Mordaunt hatte eine Zeitlang sehr zu leiden, und erst nach unserer Übersiedlung nach Edinburg erholte er sich von der Erschütterung, die er durch unsere furchtbare Entdeckung erlitten hatte.

Was die arme Frau Heatherstone anbelangt, so übten weder ärztliche Hilfe noch Luftveränderung irgendwelche Wirkung auf sie aus. Langsam und sicher, aber schmerzlos ist sie dahingesiecht, und es ist offenbar, daß sie – wer weiß, wie bald – mit ihrem Manne vereint sein wird, dem sie und seine Kinder das einzige waren, das er mit Schmerz zurückgelassen hat.

Der Gutsherr von Branksome kam wiederhergestellt aus Italien zurück, und wir mußten deshalb wieder nach Edinburg ziehen. Es war uns das sehr angenehm; denn die jüngsten Ereignisse hatten unser ländliches Stilleben umwölkt und mit qualvollen Erinnerungen umgeben. Außerdem war ein sehr angesehener und einträglicher Posten an der Universitätsbibliothek vakant geworden, der durch die Freundlichkeit des verstorbenen Sir Alexander Grant meinem Vater angeboten wurde. Wie sich denken läßt, verlor er keine Zeit, einen ihm so zusagenden Posten anzunehmen. So kamen wir als viel wichtigere Leute nach Edinburg zurück, als wir es verlassen hatten.

Nun, da ich dies schreibe, bin ich seit einigen Monaten mit meiner lieben Gabriele verheiratet, und Esther wird am 23. dieses Monats Frau Heatherstone werden. Falls sie Mordaunt eine ebenso gute Frau wird, wie seine Schwester es mir geworden ist, können wir uns beide als recht glückliche Menschen betrachten.

Aber der Zweck des Niederschreibens der berichteten Tatsachen und der diese bekräftigenden Zeugenaussagen war in letzter Linie der, mit meinen persönlichen Verhältnissen zu prahlen. Mich leitete im Gegenteil einzig die Absicht, eine authentische Erzählung von höchst merkwürdigen Ereignissen zu schaffen. Und das habe ich getan, ohne etwas zu übertreiben oder auszulassen, bei der Darlegung und Wiedergabe aller der Geschehnisse, welche die Ursache des Verschwindens von Rufus Smith und von General John Berthier Heatherstone waren.

Nur ein Punkt ist mir unklar geblieben. Weshalb haben die Chelas Goolah Shahs ihre Opfer nach dem einsamen Cree-Loche geschleppt, anstatt ihnen in Cloomber das Leben zu nehmen? Das ist, ich gestehe es, ein Geheimnis für mich. Wenn wir uns aber mit mystischen Gesetzen befassen, müssen wir unsere gänzliche Unwissenheit in solchen Sachen in Betracht ziehen. Wüßten wir mehr davon, so könnten wir vielleicht einsehen, daß ein Zusammenhang bestand zwischen jenem fauligen Moraste und dem Frevel, den die beiden Schuldigen begangen hatten, und daß buddhistischer Ritus und seine Sitten erforderten, daß das Verbrechen gerade durch solch einen Tod gesühnt werde. Vielleicht auch wollten die Buddhisten ihre Opfer in einen sichern Tod führen, ohne selbst Hand an sie zu legen; jedenfalls gelang ihnen ihr Rachewerk nur zu wohl. Die Hölle selbst konnte ihre Opfer nicht sicherer halten, als das Cree-Loch.

Einige Monate später fiel mein Blick auf einen kurzen Satz im »Star of India«, in dem gemeldet wurde, daß drei hervorragende Buddhisten – Lal Hoomi, Mowdar Khan und Ram Singh – auf dem Dampfer »Deccan« von einer kurzen Reise nach Europa zurückgekehrt wären.

Die nächste Notiz war einem kurzen Bericht über das Leben und die Dienste des Generalmajors Heatherstone gewidmet, der kürzlich von seinem Landhause in Wigtownshire verschwunden und, wie man allen Grund hätte, zu befürchten, ertrunken sei.

Mit Wehmut muß ich stets, wenn der Tag wiederkehrt, meiner ersten Begegnung mit dem General gedenken, und wie er bei meinem Anblick und vor meiner dunklen Gesichtsfarbe, die die Natur mir gegeben hat, erschrak. Jetzt weiß ich ja den traurigen Grund, weshalb er dunkle Gesichter, Landstreicher und Besucher so sehr fürchtete. Er tat das, weil er nicht wußte, in welcher Gestalt seine Verfolger ihm nahen würden, und weil die verhaßte Glocke zu allen Zeiten ertönen konnte. Sein oft von ihrem Klang unterbrochener Schlaf führte ihn zu seinen nächtlichen Wanderungen; und die Lampen, die er zeitweilig in allen Zimmern brennen hatte, waren unzweifelhaft nur dazu da, um ihn daran zu hindern, daß ihm die Dunkelheit mit Schrecknissen aller Art bevölkert erschien. Alle seine extravaganten Vorsichtsmaßregeln aber waren, wie er in seinem letzten Schreiben selbst erklärte, das Resultat seines fieberhaften Eifers, wenigstens etwas zu tun, und nicht etwa der Gedanke, daß er seinem Geschick entrinnen könne.

Die Wissenschaft wird nun sagen, daß es Kräfte, wie die orientalischen Mystiker sie zu besitzen behaupten, gar nicht gibt.

Ich, John Fothergill West, kann darauf nur antworten, daß die Wissenschaft im Irrtum sein kann und muß. Denn was ist Wissenschaft? Wissenschaft ist die Meinungsübereinstimmung von gelehrten Leuten; und wir wissen aus der Geschichte, daß sie nur sehr langsam eine neue Wahrheit anzuerkennen sich bequemt. Die Wissenschaft wies mathematisch nach, daß ein eisernes Schiff nicht schwimmen und ein Dampfer den Atlantischen Ozean nicht kreuzen könnte. Wie Goethes Mephistopheles, so ist der modernen Weisheit ständiges Wort das »stets verneinen«. Wenn die Wissenschaft Wissen schaffen will, so muß sie aufhören, an die Unfehlbarkeit ihrer eigenen Methoden zu glauben. Die Augen nach Osten gerichtet, wo noch alle großen Bewegungen ihren Ursprung nahmen, wird sie dort eine Schule von Philosophen und Weisen finden, die, nach anderen Methoden arbeitend, in allen Hauptpunkten der Erkenntnis ihr, der modernen Weisheit, viele tausend Jahre voraus sind.

Soweit menschlicher Geist überhaupt imstande ist, das große Rätsel der Schöpfung zu ergründen! Denn wer vermöchte Aufschluß zu geben über der Weltzeit und des Weltraumes Anfang und Ende? Ungelöst ist und bleibt diese Frage.

»Es gibt mehr Dinge zwischen Himmel und Erde, als eure Schulweisheit sich träumen läßt«, sagt Shakespeare. Zu diesen Dingen gehört auch das Mysterium, durch welches einen so tragischen Abschluß fand – das Geheimnis von Cloomber-Hall

# NACHWORT

Der Verfasser des »Geheimnisses von Cloomber Hall« und des früher in der Universal-Bibliothek erschienenen Romans »Onkel Bernac«, Sir Arthur Conan Doyle, stammt aus einer künstlerisch hervorragend begabten Familie. Sein Großvater und sein Onkel waren berühmte Karikaturenzeichner; letzterer auch langjähriger Mitarbeiter des Witzblattes »Punch«, dessen Umschlagzeichnung von ihm stammt. Auch sein Vater, der am Finanzamt in Edinburg angestellt war, hatte ausgesprochen künstlerische Neigungen und Fähigkeiten.

Conan Doyle wurde am 22. Mai 1859 in Edinburg geboren, empfing die Grundlagen seiner Bildung auf dem katholischen Gymnasium Stonyhurst und in Deutschland, studierte an der Edinburger Universität Medizin und ließ sich 1882 als praktischer Arzt in dem Badeort Southsea bei Portsmouth nieder, wo er sich 1886 verheiratete.

Nachdem er schon als Student Mitarbeiter von »Chambers Journal« gewesen war, erregte er in den Jahren 1887/88 die Aufmerksamkeit weiterer Kreise durch seine Erzählungen »*A Study in Scarlet*«, »*Micah Clarke*«, »*The Captain of the Polestar*« und »*The Mystery of Cloomber*«. Nachdem er in den beiden nächsten Jahren noch »*The Sign of Four*«, »*The White Company*« und »*The Firm of Girdlstone*« veröffentlicht, auch größere Reisen nach den Polargegenden und nach der Westküste von Afrika gemacht hatte, gab er 1890 seine ärztliche Praxis auf, um sich ganz der Literatur zu widmen. Im Jahre 1891 veröffentlichte er »*The Adventures of Sherlock Holmes*«, denen in den folgenden Jahren »*The Memoirs of Sherlock Holmes*«, »*The Exploits of Brigadier Gerard*«, »*Uncle Bernac*«, »*The Hound of the Baskervilles*«, »*The Adventures of Gerard*«, »*The Return of Sherlock Holmes*« und zahlreiche andere Erzählungen sich anschlossen.

Den Burenkrieg machte er als Militärarzt mit; für seine Bemühungen, die Zeitgenossen in Europa und in den Vereinigten Staaten über die Ursachen des Krieges und seine Führung durch die Engländer aufzuklären, wurde er 1902 in den Ritterstand erhoben. Weniger erfolgreich war er in der Politik: seine Versuche, im Jahre 1900 als Vertreter von Edinburg ins Parlament zu gelangen, waren vergeblich.

Die in diesem Bändchen veröffentlichte Erzählung »Das Geheimnis von Cloomber Hall« gehört zu Doyles frühen Werken, zeigt aber seine Kunst, mit einfachsten Mitteln atemlose Spannung zu wecken, zu unterhalten und überraschende Lösungen herbeizuführen, schon voll ausgebildet. Der Stoff lag einem Engländer nicht so fern wie einem Deutschen der damaligen Zeit. Das Interesse für den Buddhismus war durch Edwin Arnolds acht Jahre früher erschienenes Gedicht »Die Leuchte Asiens« (Univ.-Bibl. Nr. 2941/42) in weiteste Kreise getragen und hatte durch die theosophische Werbetätigkeit der Frau Blavatzki neue Nahrung erhalten. Der Glaube an übernatürliche Kräfte, die im Menschen schlummern und durch die sogenannte Jogatechnik geweckt werden können, ist in den englisch sprechenden Ländern weit verbreitet; die in Deutschland bis in die jüngste Zeit herrschende Skepsis hat es dort nie gegeben. Die Verwendung eines Motivs, wie es das der gespenstischen Klingel ist, das man in Deutschland der achtziger Jahre nur in der Kolportageliteratur geduldet hätte, erregte daher bei englischen Lesern um so weniger Anstoß, je gebildeter sie waren.

Anerkannter und unerreichter Meister ist Conan Doyle aber in einer Literaturgattung ganz modernen Ursprungs, in der sogenannten Detektivgeschichte.

Das Mutterland der Detektivgeschichte ist Frankreich, und ihr Vater ein bekehrter Dieb namens Vidocq, der im Jahre 1817 in Paris das erste amtliche Detektivbureau organisierte und nach zehnjähriger Tätigkeit im Staatsdienste durch die Herausgabe seiner Erinnerungen die Detektivliteratur ins Leben rief. Diese Erinnerungen wurden sofort ins Englische übersetzt und erlebten viele Auflagen, in England sowohl wie in den Vereinigten Staaten. Die größten Meister der Erzählungskunst: Balzac, Alexander Dumas, Eugen Sue, Victor Hugo in Frankreich, Dickens in England, verdanken diesen Memoiren eines ehemaligen Verbrechers die wertvollsten Anregungen, und die Meister der Detektivgeschichte, der Amerikaner Edgar Allan Poe, der Franzose Gaboriau, der Engländer Conan Doyle wurzeln ganz und gar darin.

Der Detektiv muß Eigenschaften in sich vereinigen, die bis zu einem gewissen Grade einander ausschließen: er muß ein Dichter sein, um das Seelenleben seiner Gegner nacherleben zu können; er muß ein scharfer Denker sein, um aus den geringfügigen Einzelheiten, die seiner Beobachtung zugänglich sind, lange Ketten von Schlüssen ziehen zu können; er muß endlich ein Mann der Tat sein, um sein Opfer, nachdem er es aufgespürt hat, auch zur Strecke bringen zu können.

Dupin, der Held der Poeschen Erzählungen, verkörpert den rein intellektuellen Detektiven, den Dichter, der sich mit dem Verbrecher seelisch identifiziert und dadurch in den Stand versetzt wird, dessen Gedanken noch einmal zu denken, der aber mit dieser Fähigkeit des Einfühlens und Nacherlebens den zergliedernden Verstand des Mathematikers verbindet. Bei Poe gibt es keine atemlosen Verfolgungen über Dächer und Gasometer, wie sie Ernst Reichert und Max Landa so gern im Film zeigen; Dupin ist nur ein Rätselrater und Problemlöser. Eine Frau und ihre Tochter werden in einem Hause der Rue Morgue in Paris ermordet aufgefunden. Nachbarn haben eine seltsame Stimme gehört: der Mörder muß übermenschliche Kraft und Gewandtheit besessen haben und kann nur am Blitzableiter in das Zimmer der Ermordeten hineingelangt sein. Jedes glaubhafte Motiv für die Tat fehlt. Die Polizei ist ratlos; nur Dupin kommt auf die Vermutung, daß nicht ein Mensch, sondern ein großer Affe der Täter gewesen sein muß, und die Bekenntnisse des Eigentümers des Affen bestätigen seine Annahme. (Siehe Poe, »Seltsame Geschichten«, Band 3. Univ.-Bibl. Nr. 2176.)

Ein Rätsel lösen, das man selbst aufgegeben hat, ist schließlich kein Kunststück: Poe zeigte aber, daß er ebenso schwierige Rätsel auch dann lösen konnte wenn sie von andern aufgegeben waren, indem er z. B. die sehr verwickelte Fabel des damals gerade erscheinenden Romans »*Our Mutual Friend*« (Unser gemeinsamer Freund) von Charles Dickens lange vor dem Erscheinen der letzten Lieferung richtig angab und im »*Mystery of Mary Roget*« einen rätselhaften Mord aufklärte, der im Jahre 1842 an einer Neuyorker Zigarrenmacherin ähnlichen Namens begangen war. Auch hier waren alle Anstrengungen der Polizei, das Geheimnis aufzuklären, vergeblich gewesen: als aber zwei an dem Morde Beteiligte später ein Geständnis ablegten, stellte es sich heraus, daß alles sich genau so zugetragen hatte, wie Poe erzählt hatte.

Das Meisterstück dieser Gattung ist »*The Purloined Killer*« (Der entwendete Brief). Ein intriganter Minister hat einer hochgestellten Persönlichkeit einen kompromittierenden Brief stehlen lassen. Die Polizei durchsucht das Haus des Ministers, öffnet alle Schränke, Schreibtische, Kommoden, durchsägt Tisch- und Stuhlbeine, überfällt den Minister auf der Straße und durchsucht ihn auch persönlich; alles vergebens. Der Polizeipräfekt ist eben nur ein gewandter Routinier, ein bloßer Mathematiker, kein Dichter, der fähig ist, fremdes Seelenleben wie eigenes zu erleben. Nur so kann er aber verstehen, was für Vorsichtsmaßregeln ein Verbrecher treffen wird. Dupin wird zu Rate gezogen, verspricht, den Brief bis zum nächsten Tage herbeizuschaffen und liefert ihn auch richtig zur angegebenen Zeit ab. Seine Methode ist ebenso genial wie einfach. Er sagt sich: der Minister kennt den Polizeipräfekten und die gedankenlose Gleichmäßigkeit polizeilicher Maßnahmen. Er wird den Brief daher ganz sicher nirgends versteckt haben, wo die Polizei ihn suchen würde. Die Polizei sucht aber ganz sicher das Haus und die Person des Ministers ab. Also hat er den Brief weder in seinem Hause noch an seiner Person versteckt; ja noch mehr: wahrscheinlich hat er ihn überhaupt nicht versteckt, sondern irgendwo ganz offen hingelegt, wo ihn jeder auf den ersten Blick sehen muß. Je offener der Brief nämlich daliegt, um so weniger wird ein Polizist auf den Gedanken kommen, daß dies das so lange vergeblich gesuchte Schriftstück sein könnte. Er wird den Brief zwar sofort sehen, aber gerade deswegen überhaupt nicht beachten. Dupin besucht also den Minister, sieht den Brief ganz offen in einem Kartenhalter stecken, vertauscht ihn bei einem zweiten Besuch mit einem ähnlich aussehenden und liefert den richtigen Brief an den Eigentümer ab. (Poe, »Seltsame Geschichten«, Band 5. Univ.-Bibl. Nr. 2257.)

Das Gegenstück zu diesem rein geistigen Detektiven Poes sind die Helden Gaboriaus, Vater Tabaret, der Amateur, und Lecoq, der Professional. Beide sind weder Denker noch Dichter, sondern Jäger. Sie analysieren nicht und spinnen keine Theorien, sondern hetzen den Verbrecher wie Bluthunde, die eine Fährte verfolgen. Kombiniert man diese beiden Typen und stattet sie mit den Kenntnissen eines modernen Chemikers, Physikers, Bakteriologen, Graphologen und Mediziners aus, so hat man Sherlock Holmes, den Helden der Conan Doyleschen Erzählungen, Dupin ist verkörperter Geist, Lecoq verkörperte Energie: Sherlock Holmes ist Energie, beherrscht von Geist und maskiert durch ruhige Gleichgültigkeit. Er verbindet die Eigenschaften Dupins und Lecoqs, aber er ist wahrscheinlicher als beide, weil er außer Geist und Energie auch exakte Kenntnisse besitzt und daher mehr seinen Fähigkeiten, weniger dem Zufall verdankt als die beiden andern.

Auch in der Darstellung verbindet Conan Doyle die knappe Berichterstattung Poes mit der Art Gaboriaus, die eigentliche Erzählung zu unterbrechen, um durch die eingefügte Lebensgeschichte des Verbrechers dessen Beweggründe darzulegen.

Außer diesen literarischen Mustern scheint Doyle aber auch noch ein lebendiges Vorbild für seinen Helden gehabt zu haben. Er hatte als Student in Edinburg bei einem Professor Dr. Bell gehört, der die Fähigkeit und die Gewohnheit hatte, aus den geringfügigsten, von allen andern übersehenen Kleinigkeiten die ganze Lebensweise des Patienten, seinen Charakter und seine Vergangenheit aufzubauen. Dieser lebende Dupin scheint das Modell für Sherlock Holmes gewesen zu sein.

Das Schema der Sherlock-Holmes-Geschichten ist fast immer dasselbe. Ein Dr. Watson besucht seinen Freund Sherlock Holmes in dessen Wohnung in Baker Street, erhält dort einen neuen Beweis von dessen durchdringender Verstandeskraft oder wird von ihm in irgendein neues Geheimnis eingeweiht. Die Klingel geht und ein Klient kommt herein. Wenn Holmes seinen Freund nicht schon über die Wünsche des Klienten aufgeklärt hat, so erzählt dieser jetzt seine Geschichte; im andern Falle bringt er neue Einzelheiten dazu. Nachdem der Detektiv sich bereit erklärt hat, den Fall aufzuklären, geht der Klient weg, und bald darauf macht sich Holmes entweder allein oder in Gesellschaft seines Freundes auf den Weg nach dem Schauplatz des Verbrechens, untersucht alles genau und verhört diese oder jene ihm verdächtig erscheinende Person. Die Lösung des Rätsels erfolgt entweder zu Hause oder an Ort und Stelle nach aufregenden Zwischenfällen. In jedem Falle liebt Holmes eine überraschende Enthüllung. Einen Bauunternehmer aus Norwood räuchert er aus seinem Versteck heraus; einem geängstigten Diplomaten zeigt er ein gestohlenes Dokument in demselben Kasten, aus dem es entwendet worden ist: er streicht ein vermißtes Rennpferd an und läßt es in einem Jagdrennen unter den Augen des ahnungslosen Eigentümers laufen, oder er serviert in einer Schüssel zum Frühstück den Vertrag, dessen Verlust den Frühstückenden zu ruinieren gedroht hat.

Obgleich Holmes in erster Linie ein Denker ist, erweist er sich doch zuweilen als genau so tätig wie ein Detektiv aus der Schule Gaboriaus. In der Erzählung »*A Scandal in Bohemia*« soll er kompromittierende Briefe wieder holen, die sich in den Händen einer Abenteurerin befinden. Er verfolgt die Dame zu ihrer heimlichen Trauung, tritt hervor, um dabei als Zeuge zu dienen, verkleidet sich als Geistlicher, arrangiert einen Streit vor ihrem Hause und läßt Watson »Feuer!« rufen, damit er, als die Dame ihre Papiere vor der vermeintlichen Gefahr in Sicherheit bringt, sich den Ort merken kann, wo sie diese versteckt hat. In »*The Adventures of Milverton*« brechen Holmes und Watson auf der Suche nach gewissen Dokumenten in das Haus eines Erpressers ein, werden Zeugen der Ermordung des Erpressers durch seine Geliebte, verbrennen den Inhalt seines Geldschranks und entkommen.

Seine eigentliche Spezialität ist aber die scharfsinnige und phantasievolle Ausdeutung von scheinbar belanglosen Kleinigkeiten. Aus der Form eines Hutes erschließt er den Charakter seines Trägers; an einem goldenen Kneifer erkennt er, daß dessen Eigentümerin eine gut angezogene Dame mit runden Schultern, gerunzelter Stirn, spähendem Gesichtsausdruck, dicker Nase und dicht zusammenstehenden Augen ist, die in der letzten Zeit zweimal beim Optiker gewesen sein muß. In seiner »*Double-Barrelled Detective Story*« (Eine »doppelläufige« Detektiv-Geschichte) hat Mark Twain diesen fast übermenschlichen Scharfsinn sehr lustig parodiert, indem er zeigt, daß man aus denselben Voraussetzungen mit genau derselben Folgerichtigkeit auch das Gegenteil schließen kann.

Conan Doyle hat, wie erwähnt, seine Erziehung zum Teil in Deutschland empfangen, und auf diesen Umstand ist vielleicht der recht unenglische Charakter seines Helden zurückzuführen. Holmes ist nämlich alles andere als ein Geschäftsmann; aufs Geldverdienen versteht er sich gar nicht: im Gegenteil: er zeigt in diesem Punkte die ganze Gleichgültigkeit des echten Künstlers, dem es nur um sein Werk, nicht um die Entlohnung zu tun ist. Er spürt Verbrechen auf, weil ihm die Lust an der Jagd und am Geheimnis im Blute sitzt, Geld nimmt er nur selten an und ist es ganz zufrieden, wenn seine berufsmäßigen Kollegen die Belohnung einheimsen, die er verdient hat. Das ist sehr ideal und sehr deutsch, auf keinen Fall aber englisch. Englisch waren die Methoden des berüchtigten englischen Detektiven Jonathan Wild, der erst das

Verbrechen selbst veranlaßte, dann die Verbrecher zur Strecke brachte, die Belohnung dafür einsteckte und sich dann auch noch für die Wiederherbeischaffung der gestohlenen Waren bezahlen ließ,

M. Kl.

www.ingramcontent.com/pod-product-compliance
Lightning Source LLC
Chambersburg PA
CBHW072238190626
46809CB00018B/2842
* 9 7 8 3 8 4 9 6 9 8 8 0 5 *